Deseo™

Abrasados por la pasión
Day Leclaire

Editado por HARLEQUIN IBÉRICA, S.A.
Núñez de Balboa, 56
28001 Madrid

© 2008 Day Totton Smith. Todos los derechos reservados.
ABRASADOS POR LA PASIÓN, N.º 1675 - 2.9.09
Título original: Dante's Stolen Wife
Publicada originalmente por Silhouette® Books

Todos los derechos están reservados incluidos los de reproducción, total o parcial. Esta edición ha sido publicada con permiso de Harlequin Enterprises II BV.
Todos los personajes de este libro son ficticios. Cualquier parecido con alguna persona, viva o muerta, es pura coincidencia.
® Harlequin, Harlequin Deseo y logotipo Harlequin son marcas registradas por Harlequin Books S.A
® y ™ son marcas registradas por Harlequin Enterprises Limited y sus filiales, utilizadas con licencia. Las marcas que lleven ® están registradas en la Oficina Española de Patentes y Marcas y en otros países.

I.S.B.N.: 978-84-671-7363-5
Depósito legal: B-28666-2009
Editor responsable: Luis Pugni
Preimpresión y fotomecánica: M.T. Color & Diseño, S.L.
C/. Colquide, 6 portal 2 - 3º H. 28230 Las Rozas (Madrid)
Impresión y encuadernación: LITOGRAFÍA ROSÉS, S.A.
C/. Energía, 11. 08850 Gavá (Barcelona)
Fecha impresión para Argentina: 1.3.10
Distribuidor exclusivo para España: LOGISTA
Distribuidor para México: CODIPLYRSA
Distribuidores para Argentina: interior, BERTRAN, S.A.C. Vélez Sársfield, 1950. Cap. Fed./ Buenos Aires y Gran Buenos Aires, VACCARO SÁNCHEZ y Cía, S.A.
Distribuidor para Chile: DISTRIBUIDORA ALFA, S.A.

Capítulo Uno

—Te lo advierto, Marco. Basta de escándalos. Si tu familia continúa apareciendo en las revistas de cotilleos, no nos quedará más alternativa que llevar nuestra cuenta a otra parte. Los artículos han llegado hasta Italia. Incluso sorprendí a Ariana leyéndolos. ¡Mi propia hija!

Marco Dante inclinó la cabeza.

—Lo entiendo, Vittorio. No sabemos por qué *The Snitch* ha lanzado esta campaña contra Dantes. Pero te prometo que pretendo ponerle fin, sin importar lo que haga falta. Apreciamos los negocios que realizamos juntos y, ahora que pensamos volver al mercado europeo, esperamos poder volver a contar con vuestro patrocinio.

Vittorio acompañó su expresión de vago pesar con un expresivo encogimiento de hombros.

—Disfrutaría viendo los nombres de Dante y Romano unidos una vez más. Pero somos muy celosos de nuestra intimidad. Elegimos nuestras alianzas con sumo cuidado —adrede pasó a hablar en italiano para recalcar sus palabras—. Si deseáis tener nuestro apoyo para vuestra expansión europea, debéis ocuparos de este problema.

Marco asintió. Por desgracia, años atrás, poco después de la muerte de su padre, habían perdido el respaldo de los Romano. Después de aquello, Dantes había estado al borde de la quiebra, y habría caído de no ser por su hermano Severo, quien había asumido las riendas del imperio joyero de la familia nada más salir de la universidad. Durante el primer año en el puesto, se había obligado a reducir drásticamente el tamaño de la corporación.

Poco a poco, durante la última década y bajo la brillante dirección de Sev, Dantes había llevado a cabo un impresionante resurgimiento y en ese momento se hallaban a punto de recuperar su puesto mundial como joyeros de primer rango. Al menos así sería si recuperaban el mercado europeo que habían perdido. Y él estaba dispuesto a asegurarse de que sucediera.

Para dicho éxito era básico que recobraran a los Romano, algo para lo que había trabajado inagotablemente durante el último año. Estaban considerados la realeza italiana y Marco tenía la intención de que Europa siguiera a Vittorio y a Ariana hasta la puerta de Dantes.

Los Romano anhelaban los gloriosos diseños que ofrecían los Dante, diseños que contenían las gemas más finas disponibles en el mercado, incluidos los diamantes de fuego que sólo ellos podían aportar. Pero los querían sin ningún escándalo añadido. Y gracias al tipo de rumores que le gustaba lanzar cada semana a la revista *The Snitch*, sumado al interés que mostraba en ese momento por los cuatro hermanos Dante, Marco había llegado a un punto muerto con Vittorio Romano.

Le dio una palmada en el hombro a Vittorio.

—Considéralo hecho. Nos ocuparemos de la revista y después estaremos encantados de poder satisfacer cualquier necesidad que tengáis —extendió la mano—. Gracias por venir a San Francisco. Lamento que Ariana no te acompañara en este viaje. A mi familia le habría encantado conocerla.

—Mi Ariana es adorable —Vittorio sonrió—, ¿verdad? —estrechó la mano de Marco—. La próxima vez que esté en San Francisco, insistiré en que me acompañe.

—Haremos una reunión familiar.

—*Eccellente*. Será un auténtico placer. Tengo entendido que Severo se ha prometido con la diseñadora que acabáis de contratar. ¿Francesca Sommers? Por favor, transmítele a la pareja mi más sincera enhorabuena.

Con esas palabras, se marchó con andar vivaz hacia las enormes puertas de cristal tallado que agraciaban la entrada de las oficinas Dantes en San Francisco, y mantuvo una abierta para una mujer que entraba en el edificio. Antes de salir le ofreció un gesto cortés de asentimiento con la cabeza y una sonrisa. Pero Marco ni notó la marcha de Vittorio. En cuanto sus ojos se posaron en esa mujer, se quedó clavado donde estaba. Todos los pensamientos volaron de su cabeza y fueron reemplazados por una demanda susurrada como nunca antes había experimentado.

Toma a esa mujer. Poséela. Hazla tuya.

Sin vacilación, se acercó, compelido a obedecer. Ella permanecía en la entrada de tres plantas, estudiando la decoración elegante. El sol penetraba a través de los cristales tintados, capturándola en un abrazo dorado y posándose en un cabello tan tupido y oscuro que rivalizaba con el cielo nocturno, al tiempo que transformaba su tez en un blanco puro. Echó la cabeza hacia atrás para mirar la escultura de cristal que semejaba llamas saltarinas y su cabello le cayó por la espalda en pesadas ondas. Marco necesitó todo el autocontrol que poseía para contenerse de tomarla en brazos y llevársela de allí.

La vio ir hacia la recepción y captó el murmullo de su voz al solicitar información. El hombre detrás del mostrador miró a Marco y, tras un momento de confuso titubeo, sin duda tratando de decidir de qué gemelo se trataba, lo señaló. Con un gesto de agradecimiento, la mujer se acercó y Marco sonrió con abierta satisfacción. Al ver esa sonrisa, el recepcionista se esforzó en captar la atención de la mujer, pero al final se rindió con un encogimiento de hombros.

Sólo tenía ojos para ella. Que Dios lo ayudara, pero la deseaba. Era como si alguien hubiera entrado en lo más profundo de su mente y descubierto lo que para él era la imagen personal de la perfección y luego hubiera creado ese ejemplo glorioso de feminidad basándose en dicha imagen. Tenía la estatura perfecta para ser besada, ni demasiado baja ni demasiado alta, con una boca carnosa y sonriente que estaba impaciente por explorar. Las facciones eran delicadas y de un pálido marfileño, con una nariz recta, una mandíbula decidida y unos pómulos altos y pronunciados que la elevaban de la belleza a la absoluta poesía.

Bajó la vista y el impulso que lo movía flaqueó. Iba vestida de ejecutiva, pero no existía tela que pudiera ocultar un cuerpo creado para el placer de la noche. Unos pechos plenos luchaban contra el impecable traje azul marino hecho a medida, y un espíritu afín había diseñado la chaqueta para que se estrechara en una cintura que podría haber abarcado con sus dos manos antes de jugar con las curvas que había más abajo, tentación del diablo.

Debió de haber emitido algún sonido, porque

ella lo estudió con curiosidad. Tenía unos ojos de un azul profundo que creaban un contraste deslumbrante con su cabello. Antes de poder presentarse, ella alargó una mano.

–Ah, señor Dante –dijo–. Justo el hombre al que buscaba. Es un placer conocerlo. Me llamo Caitlyn Vaughn.

Aceptó la mano que le ofrecía y fue en ese instante cuando sucedió. Lo recorrió una dura descarga de electricidad que le llegó hasta la médula. Nunca había sentido algo así. No le dolió, únicamente lo sorprendió y lo aturdió. A juzgar por la expresión sobresaltada de ella y por el modo en que liberó su mano, también debía de haberlo experimentado… sin gustarle.

–¡Oh! ¿Qué ha sido eso? –preguntó Caitlyn.

–No estoy seguro.

Pero lo sospechaba. Por la reacción que ella le había causado, y lo que su hermano mayor, Sev, le había descrito, debía de tratarse del Infierno. Una peculiar bendición… ¿o debía considerarla una maldición?, de los Dante, que irrevocablemente vinculaba a los hombres de su familia con sus verdaderas almas gemelas, con la única mujer a la que alguna vez llegarían a amar. Marco y sus hermanos siempre habían considerado que se trataba de un encantador cuento de hadas familiar.

Pero desde que Sev encontrara el inagotable fuego de su existencia, no había dejado de preguntarse si él llegaría a experimentarlo.

Era un hombre que adoraba a las mujeres. A todas las mujeres. Le encantaba todo en ellas. Los inagotables formas y tamaños, el delicioso paladar de los matices, la música de las voces femeninas. Su fragancia única. Para él, las mujeres eran tan hermosas como fascinantes y se regocijaba con todas y cada una de ellas. La idea de elegir una flor específica le parecía irracional. Y, sin embargo…

Al mirar a Caitlyn, vio a una mujer que era una recompensa en sí misma, una flor de tal profundidad y belleza que necesitaría el resto de la vida para explorar exhaustivamente cada uno de sus aspectos.

Allí donde el obstinado Sev luchaba, allí donde el alma de contable de su hermano gemelo, Lazzaro, cuestionaba y analizaba, allí donde Nicolo, el solucionador de problemas, negaba, el romántico que había en él aceptaba. Tomaría ese regalo que le enviaban los dioses.

−Te he estado esperando −le dijo.

¿La había estado esperando? Miró a Lazzaro Dante como hipnotizada, afanándose por conseguir que alguna parte de ella, cualquiera, volviera a funcionar después de ese extraño apretón de manos.

Durante su entrevista de trabajo para el puesto de nueva directora de finanzas de la sucursal nacional de Dantes, la habían remitido a Lazz. Él estaba a cargo de la parte internacional del negocio, un departamento mucho más grande y complicado. Y aunque no iba a trabajar directamente con él, mantendrían un contacto habitual durante la jornada laboral. Le habían comunicado que se lo presentarían directamente después de llegar a Dantes, pero jamás le había pasado por la cabeza que la estaría esperando en el vestíbulo de la empresa hasta que el recepcionista se lo señaló.

−Es muy amable por su parte recibirme aquí en mi primer día de trabajo, señor Dante, pero… −la conmoción que experimentó al estrecharse las manos había seguido causándole un hormigueo en la palma, que se frotó con el dedo pulgar. Para su diversión, él copió el gesto, distrayéndola–. De acuerdo, he de saberlo. ¿Qué ha sido eso?

La miró con simpatía.

–¿Te he hecho daño, *cara*? Lo siento.

–¿Hacerme daño? Oh, no… no –eso la sorprendió, dada la intensidad de la descarga–. Simplemente ha sido… inesperado.

Y aunque parecía un concepto ridículo, esa descarga daba la impresión de haber intensificado la percepción que tenía de él. La primera vez que lo había visto la semana anterior después de la última entrevista, lo había descrito como un hombre increíblemente atractivo, casi demasiado para la paz mental de una mujer. Pero en ese momento… la embargó un ligero pánico. De algún modo, con ese único contacto, se volvió agudamente consciente de él y de la asombrosa compatibilidad que se había formado entre ellos. No lo entendía ni quería entenderlo.

En sus veintiocho años de vida, jamás había hecho nada que pudiera poner en peligro su carrera profesional. ¿Cuántas veces se lo había advertido la abuela, poniendo como ejemplo la vida que ella misma había tenido y las duras lecciones aprendidas? Caitlyn había entendido muy bien las reglas básicas. No dejar que un hombre la sedujera y le estropeara la carrera por un fugaz paseo por el arco iris. Había escuchado y aprendido. No iba a permitir que ningún hombre la llevara de paseo. Sin embargo…

El entorno pareció esfumarse y los sonidos se fundieron en un murmullo. La luz dio la impresión de atenuarse hasta que sólo quedaron ellos dos atrapados en el halo del sol. Cada latido de su corazón potenciaba el deseo por sus venas, hasta que el anhelo por ese hombre pudo con todos los demás pensamientos y emociones.

–Caitlyn –murmuró Lazz.

Su nombre en la lengua de él la hizo pensar en vino y poesía, y aunque no revelaba acento alguno, la voz exhibía un perceptible deje mediterráneo, profunda, madura y musical. Él alargó la mano y ella estuvo a punto de aceptarla, dispuesta a seguirla allí donde la condujera.

Pero con el último vestigio de sentido común que le quedaba, hizo un ademán exagerado de mirar su reloj.

–Me esperan en personal en cinco minutos –instintivamente, quiso alargar la mano para una despedida profesional, pero la retiró con rapidez y dio varios pasos hacia el ascensor. Una compulsión irresistible hizo que se volviera y le dedicara un último gesto de despedida con la cabeza–. Lo veré pronto, señor Dante. Creo que tenemos programada una cita para las diez.

Al oír eso, él mostró una sonrisa deslumbrante.

–No lo sabía. Mi asistente olvidó mencionarlo –fue hacia ella–. Pero ¿por qué esperar? ¿Por qué no adelantar la cita?

Las puertas del ascensor se abrieron, pero Caitlyn no se atrevió a quedarse porque sabía que entonces cedería a su petición.

–A las diez –repitió–. Lo veré entonces.

Se metió en la cabina y, nada más cerrarse las puertas, se apoyó en la pared posterior y cerró los ojos. No llevaba ni treinta segundos en el edificio y no podía creer todo lo que ya había arriesgado como resultado de un apretón de manos casual. ¿Qué diablos le había pasado? De hecho, ¿qué diablos le había pasado a Lazzaro Dante? Sin importar lo que hubiera sucedido entre ambos, a partir de ese momento necesitaba desterrar esas tonterías y centrarse en el trabajo.

Treinta minutos más tarde, comprendió que no sólo era incapaz de olvidar, sino que se había convertido en algo imposible. Algo en aquel único contacto la había cambiado. Intentó concentrarse en todos los impresos que debía rellenar y en la información vital que le estaban dando mientras le mostraban las instalaciones. Pero con cada minuto que pasaba se iba poniendo más tensa, ya que sabía que no tardaría en ver a Lazz y descubrir si había imaginado la reacción que le había inspirado.

Cuando finalmente llegó el momento, lo saludó con una conducta profesional, con la que pretendía esconder su nerviosismo.

–Volvemos a encontrarnos –captó un leve titubeo en su paso y un ceño casi imperceptible antes de que él extendiera la mano, que ella observó con abierta aprensión–. Es valiente por su parte, después de lo que pasó la última vez. Pero si usted se arriesga, yo también.

–Estoy dispuesto –inclinó la cabeza.

Para alivio de Caitlyn, no volvió a recibir una descarga. Y entonces el alivio se transformó en una vaga decepción. Tal vez había imaginado esa sobretensión de electricidad. Y aunque sentía una inconfundible calidez hacia el hombre que le sostenía la mano, la sensación apenas guardaba algún parecido con el deseo imparable que había experimentado apenas una hora atrás.

Lazz la estudió con el mismo interés de antes, sin que se hubiera desvanecido el centelleo hambriento en sus ojos.

—Bienvenida a Dantes. Estoy ansioso de conocerte mejor —indicó.

Tampoco en esa ocasión se podía malinterpretar el significado detrás de su comentario. Al instante ella comprendió que era una invitación. En ese momento los dos se balanceaban al borde de una relación que iba más allá de los negocios. Le intrigaba el poder que ofrecía. Le tocaba mover a ella. Podía retroceder y finalizarla o dar el siguiente paso, con cautela, desde luego, y ver adónde conducía. El tiempo pareció ralentizarse, brindándole un momento para considerarlo.

Jamás habría llegado tan lejos en los negocios si rechazara los desafíos por simple apocamiento. La oportunidad que se le planteaba era, desde luego, un desafío, pero también veía todo lo necesario para construir los cimientos de los que tanto le había hablado su abuela. Era un hombre sexy y con éxito, pero, por encima de todo, era inteligente. Alguien con quien poder levantar un castillo. Y el cosquilleo compartido antes era una bonificación afortunada.

No vaciló más. Le ofreció una sonrisa brillante y se rindió a lo que pudiera depararles el destino. La cuestión era que… fuera lo que fuere lo que hubiera sucedido antes en el vestíbulo, quería más.

—Yo también estoy ansiosa de conocerte —corroboró, tuteándolo.

Capítulo Dos

Seis semanas después

Caitlyn ocupó su lugar habitual ante una amplia mesa de cristal ahumado, uniéndose a las dos mujeres con las que había formado una rápida amistad en el transcurso de las seis semanas que llevaba trabajando en Dantes.

Siempre se reunían para comer a la misma hora y en el mismo lugar gracias a Lazz, quien había sido lo bastante generoso como para ofrecerles el uso de una pequeña sala de conferencias conectada a su despacho.

En cuanto estuvieron sentadas, Britt se pavoneó y exhibió un deslumbrante par de pendientes de diamantes.

–Miradlos. Son exclusivos de Dantes. ¿No son maravillosos?

–¿Quién te los ha dado y cómo conoces a alguien así? –quiso saber Angie.

–Yo misma los compré –confesó Britt con un leve deje de ostentación–. Llegué a la conclusión de que sería la única manera de que alguna vez llegara a tenerlos.

–¿Con el sueldo de quién? –cuando Britt sólo hizo una mueca, Angie lo dejó estar y las miró con entusiasmo apenas contenido–. Bueno, yo tengo una noticia. No os vais a creer lo que ha llegado a mis oídos

–miró brevemente hacia la puerta que daba a la planta ejecutiva para confirmar que la habían cerrado antes de girar la cabeza con cierta incomodidad hacia el umbral que conducía al despacho de Lazz, apenas a unos pasos de la mesa–. Quizá no debería comentar nada aquí.

–Lazz se ha ido a comer con su hermano Nicolo, si eso es lo que te preocupa. Yo misma hice la reserva –la tranquilizó Britt–. Nadie puede oírnos.

–De acuerdo –aun así, bajó la voz–. Escuché algo interesante en Dantes Exclusive.

Caitlyn sabía que se refería a la selecta sala de exposición a la que únicamente se podía acceder por invitación, que servía a la elite particular. Dos décadas atrás Angie había empezado allí como vendedora, antes de ir ascendiendo de forma constante en la rama de venta al por menor de la empresa.

–¿Quién apareció en esa ocasión? –preguntó Caitlyn. Había olvidado dejar sus gafas de lectura en la oficina y se las subió para sujetarse el cabello–. ¿Alguien del negocio del espectáculo, de las finanzas o de la realeza?

Britt ofreció una sonrisa felina.

–Apuesto a que yo lo sé.

Angie rió.

–Como tú eres su asistente personal, yo también lo apuesto.

Caitlyn parpadeó sorprendida.

–¿Habláis de Lazz? –cuando Angie lo confirmó con un gesto de la cabeza, frunció el ceño desconcertada–. ¿Y por qué es tan raro que aparezca por allí?

Angie calló antes de lanzar su próxima bomba.

–Quizá porque buscaba anillos de compromiso.

Las dos miraron a Caitlyn con amplias sonrisas mientras ella permanecía en un silencio aturdido, frotándose la palma de la mano.

–No. No podéis pensar que…

–No sólo lo pienso, sino que apuesto una cena en Le Premier.

–Pues para mí es perfectamente lógico –aportó Britt–. Los dos habéis congeniado desde el principio. Además, os parecéis mucho. Ambos sois pragmáticos, lógicos. Por no mencionar que sois unos genios de las finanzas. Yo tengo que esforzarme al máximo para poder seguirlo. Pero vosotros dos… Siempre que estáis juntos, es como si hablarais de forma taquigráfica. Es como si ya fuerais una pareja casada.

Angie hizo una mueca.

–Haces que suene tan aburrido… No es así, ¿verdad, Caitlyn? –frunció el ceño–. Quiero decir, hay romance, ¿no? Entusiasmo. Dale esperanza a una mujer mayor. Dime que hay romance y entusiasmo, aunque sea mentira.

Caitlyn sintió que se ruborizaba.

–Claro que hay romance y entusiasmo –musitó. En alguna parte.

–Si se tratara de Marco –dijo Britt–, os garantizo que no habría ni un solo momento de aburrimiento. ¿Te has cruzado ya con él? –antes de que Caitlyn pudiera responder, chasqueó la lengua–. No, claro que no. Hoy mismo ha llegado del extranjero. Creo que únicamente ha estado en casa otras dos veces. Una fue el mes pasado, cuando Sev dio una fiesta en honor de Francesca para publicitar la Colección Corazón Dante.

–Por ese entonces yo me encontraba en Nueva York –le recordó Caitlyn.

–Ah, cierto. Y luego Marco apareció en la boda de Sev.

Caitlyn volvió a mover la cabeza.

–Otra vez estaba en Nueva York. Aunque la semana pasada conocí a Sev –indicó. Pero por algún motivo, Lazz había mostrado una considerable renuencia a presentarle a los diversos miembros del clan Dante, algo que le produjo una vaga incomodidad–. Descartando a Lazz, hasta ahora es al único Dante de la familia que conozco.

Britt ladeó la cabeza.

–Mmm. Me da la impresión de que Lazz quiere reservarte para él solo. Probablemente teme que, si te presenta a sus hermanos, decidirás que alguno de ellos te gusta más, en especial su hermano ge…

–No seas ridícula –la interrumpió Caitlyn–. Me sentí atraída por Lazz en el instante en que nos estrechamos las manos. En cuanto a sus hermanos, espero conocerlos en la fiesta de aniversario que celebran sus abuelos esta noche.

–No tengo nada contra Lazz, pero… –Britt se reclinó en el sillón con expresión soñadora–. ¿No anheláis que, al menos una vez, aparezca el Zorro y os lleve lejos de aquí?

–¿Y que se aproveche bien de ti? –añadió Angie.

–¿En vez de planear cada movimiento hasta el último nanosegundo? –Britt miró a Caitlyn con abierta curiosidad–. ¿Es así como hace el amor? –tras un momento de silencio aturdido, añadió con sonrisa malvada–: Oh, vamos, Angie. Apóyame en esto. No me creo que tú no te hayas preguntado lo mismo.

Sólo quiero saber si Lazz hace el amor de la misma manera en que trabaja. ¿Sigue el libro al pie de la letra o es algo más creativo?

–¡Britt Jones!

Ésta debió de darse cuenta de que había ido demasiado lejos, porque le ofreció una rápida disculpa y cambió de tema.

Caitlyn estudió a sus amigas con incomodidad mientras charlaban sobre el rápido matrimonio del mayor de los cuatro hermanos Dante. La verdad era que, aunque lo hubiera querido, no habría podido contestar a la pregunta impertinente de Britt. No tenía idea de cómo hacía el amor Lazz, ya que las cosas no habían avanzado tanto. Aunque puestos a pensarlo, ¿por qué no habían tenido sexo?

Porque se hallaban ocupados encajando todas las piezas. Bueno, era evidente que no todas. Antes de dar el siguiente paso, quería cerciorarse de que el suelo que pisaban era sólido. Y aunque eso sonaba bien en teoría, seguía sin responder la pregunta a su entera satisfacción.

Fingió centrarse en el almuerzo mientras consideraba la cuestión. Daba la impresión de que, después de la electricidad de su primer encuentro con Lazz, la tensión sexual entre ambos había descendido a una calidez agradable y confortable. Desde aquel primer y asombroso apretón de manos, jamás había vuelto a experimentar la chispa y el fuego, sin importar las veces que se tocaran o besaran, ni lo a menudo que añoraba que se repitiera, al menos para cerciorarse de que no se lo había imaginado.

Había pasión, claro. Lazz no había dejado ninguna duda acerca de lo que sentía por ella, cuánto la deseaba y expresaba su impaciencia por llevar la relación a la siguiente fase. De hecho, era ella quien había aminorado el ritmo, algo que él había permitido a regañadientes. Se preguntó por qué lo había hecho.

Suspiró. Porque había estado esperando sentir otra vez ese asombroso torrente de emoción. Pero cada día que pasaba estaba más claro que Lazz y ella eran como dos guisantes en una vaina, demasiado pragmáticos para su propio bien.

Era como si todas las piezas para unos cimientos adecuados se encontraran presentes, tal como le había enseñado su abuela, pero a medida que Lazz y ella trabajaban para encajarlas, comprendía que faltaban algunas partes vitales. Y era una pena que la chispa que los había encendido al principio en unas pocas semanas había disminuido hasta transformarse en un simple destello.

Era el momento de enfrentarse a la verdad. Quería algo más que un destello cálido. Quería lo que había sentido cuando se conocieron. Esa noche pensaba encarar a Lazz, llevar la relación al siguiente nivel y descubrir de una vez por todas si la chispa aún existía, a la espera de ser avivada, o si se había extinguido antes de disponer de la oportunidad de convertirse en fuego.

—¿Caitlyn?

Alzó la cabeza y se dio cuenta de que sus amigas estaban junto a la puerta que conducía al pasillo, mirándola preocupadas.

—¿Estás bien? —inquirió Britt—. ¿Qué esperas?

Caitlyn sabía qué esperaba, lo que quería y pretendía tener.

—Al Zorro —murmuró—. Espero al Zorro.

***

–No, Marco –la orden susurrada de su abuela lo frenó en seco, impidiéndole salir del despacho de Lazz para ir a la sala de conferencias donde acababan de escuchar a las mujeres–. No puedes entrar ahí. Las abochornarías.

El impulso que lo empujaba era tan fuerte que tembló por el esfuerzo de controlarlo.

–No intentes detenerme, Nonna. Voy a ponerle fin a esto. He esperado tanto para volver a casa y disponer de la oportunidad de acercarme por fin a Caitlyn… Casi me he vuelto loco estas últimas semanas. Y ahora… –movió la cabeza–. No puedo dejar que Lazz le pida matrimonio. Ella no es suya.

Su abuela se acercó y apoyó una mano cálida en los músculos tensos de su brazo.

–Él afirma otra cosa, *nipote*. Llevas ausente casi todo este último mes y medio. En ese corto espacio de tiempo han pasado muchas cosas. Lazzaro y Caitlyn Vaughn han experimentado el Infierno.

–Eso no es posible –soltó con los dientes apretados.

–Claro que sí. Por el hecho de que tú te sientas atraído por esa mujer…

–No. No lo entiendes –giró y miró a su abuela–. Fuimos Caitlyn y yo quienes sentimos el Infierno, no Lazz. Y él lo sabía. Por eso me envió lejos, Nonna. A propósito. No paraba de encontrar una crisis tras otra en las sedes extranjeras que requerían mi atención personal. Las pocas veces que he estado en casa, Caitlyn convenientemente se hallaba de viaje por temas de la empresa. Y todo para mantenerme alejado de ella con el fin de poder tomarla para sí mismo. Algo que Britt, su secretaria, me dijo el otro día por teléfono me dio la pista de lo que ha estado tramando.

Nonna lo miró conmocionada.

−¿Te das cuenta de lo que estás sugiriendo?

Él extendió la mano derecha, con la palma hacia arriba, y clavó el dedo pulgar en el centro, donde el vínculo se había formado la primera vez. Suavizó la voz para que nadie los oyera.

−Sentí la quemazón el día que Caitlyn llegó a Dantes. Lo sospeché nada más verla. Pero cuando la toqué, lo supe. Fue su primer día de trabajo, sus primeros minutos bajo nuestro techo. Nos conocimos en el vestíbulo, nos estrechamos las manos y desde aquel instante no ha dejado de crecer en mí la necesidad de ella. Hasta límites insoportables. Ahora comprendo que Caitlyn me tomó por Lazz −su expresión se ensombreció−. Y que cuando mi querido hermano descubrió eso, se esforzó en no aclararle el error.

−¿Ella no sabe que sois gemelos?

−Al parecer, no.

Nonna se dejó caer en el sillón que había delante del escritorio de Lazz y se persignó.

−Has venido a enfrentarte a él, a exigirle que la entregue, ¿no?

−Aterricé hace una hora y vine a buscarlo −confirmó−. Quiero averiguar por qué intenta quitarme a mi mujer.

−Por lo que dijo Lazz, todos creímos... −calló con expresión confusa−. Dimos por hecho que había sentido el Infierno por Caitlyn.

–Os equivocasteis –de pronto algo se le pasó por la cabeza–. ¿O no? ¿Es posible que los gemelos puedan sentir el Infierno por la misma mujer?

Para su alivio, la abuela no titubeó.

–No, Marco. Eso sí lo sé –hizo un gesto impotente–. Lo que no entiendo es por qué la reclama si no es suya. ¿Cómo pudo cometer semejante error?

–No he cometido ningún error –anunció Lazz desde la puerta. Entró y fue hacia su abuela para inclinarse y darle unos besos en ambas mejillas–. ¿Has traído el anillo?

Ella asintió con expresión desdichada.

–Lazzaro… ¿estás seguro? Marco afirma…

–Me has quitado a Caitlyn Vaughn –interrumpió éste, furioso ante la absoluta calma de Lazz–. Tenías que saber que algo había pasado entre nosotros o nunca te habrías tomado tantas molestias.

Su hermano se encogió de hombros con indiferencia.

–Tienes razón. Por el modo en que Caitlyn me saludó, de inmediato supe que habías obrado tus habituales trucos. Por suerte para mí, no tiene ni idea de que somos gemelos o de que no era yo quien la recibió aquella mañana en el vestíbulo.

Marco dio un paso hacia su hermano con las manos cerradas.

–Quizá debería redistribuirte la cara para facilitarle que nos reconozca a partir de ahora.

La fachada impasible de Lazz dejó entrever algo más que un destello de irritación.

–La última vez que nos peleamos por una mujer, terminé con una cicatriz. Una es más que suficiente, gracias.

–¿La ha visto ella? –habría dado cualquier cosa por retirar las palabras en cuanto salieron de su boca, en especial cuando Lazz le ofreció una sonrisa de confirmación–. Hijo de…

–¡Marco! –interrumpió Nonna con celeridad.

La voz de Lazz atravesó la reprimenda.

–Deja que te explique una cosa. Tienes la descabellada idea de que te he arrebatado a Caitlyn. Para tu información, ella no es mía, lo que me imposibilita quitártela. Es una mujer independiente y tomará sus propias decisiones acerca de con quién quiere o no salir –hizo una pausa deliberada–. O con quién quiere casarse.

Marco luchó para mantener el control. Mientras él prefería la acción, Lazz elegía la razón. La experiencia le había enseñado que cuando se trataba de una guerra de lógica, la única oportunidad que tenía de ganar era manteniendo el control. Y cuando eso fallaba, darle una paliza a su hermano. En ese momento, lo segundo le parecía la opción más satisfactoria. Pero mientras la abuela estuviera en el despacho, sólo disponía de palabras.

–Le dijiste a la familia que habías experimentado el Infierno con ella –lo acusó Marco–. Los dos sabemos que eso es mentira.

–Igual que lo es el Infierno.

–¡Lazzaro! –Nonna se llevó una mano trémula a la garganta–. ¿Cómo puedes decir algo así?

Se inclinó junto al sillón.

–Lamento herirte, Nonna, pero yo no creo en el Infierno. Creo que se trata de un cuento de hadas muy dulce y romántico con el fin de racionalizar una naturaleza apasionada que sobrepasa el sentido común. Sev lo usó para justificar el chantaje a una extraordinaria diseñadora para que dejara a nuestro principal competidor. Marco quiere usarlo para llevarse a una empleada de Dantes a la cama. Y Primo lo empleó como una excusa para robarle la prometida a su mejor amigo. El Infierno no exis...

Para perplejidad de Marco, Nonna hizo algo que nunca antes le había visto hacer. Abofeteó a Lazzaro. Las lágrimas anegaron sus ojos.

–Ni una palabra más –ordenó en italiano antes de respirar hondo–. Marco tiene razón. Esa mujer no es tu alma gemela. Si hubieras sentido el Infierno por ella, no podrías haber dicho las cosas que acabas de decir. Te burlas y desprecias lo que jamás has vivido. ¿Cómo te atreves a asumir que sabes más sobre lo que pasó con tus abuelos y tus hermanos que aquéllos que lo han sentido? ¿Cómo te atreves a acusarnos de mentir?

Lazz apretó la mandíbula.

–No miento. Sólo intento racionalizar una emoción irracional.

–¿Lo que sientes por Caitlyn es racional? –demandó Marco.

Lazz se incorporó despacio. La bofetada de Nonna había dejado una marca roja en la curva de su mandíbula.

–Por supuesto que lo es. La atracción emocional es muy racional. Caitlyn me atrae tanto física e intelectualmente como emocionalmente. Pero no pienso fingir que lo que siento por ella se debe a una maldición familiar.

–Bendición –lo corrigieron al unísono Marco y Nonna.

Lazz agitó la mano.

–Lo que siento son las sensaciones normales que los hombres y las mujeres han experimentado entre sí desde que Adán y Eva se encontraron en el Paraíso.

–¿Estás enamorado de Caitlyn Vaughn? –preguntó Marco con voz tensa.

–¿Lo estás tú? –replicó Lazz–. La viste una vez. Sólo hablaste con ella cinco minutos. Y ahora intentas decirme que es tu... ¿qué? ¿Novia del Infierno?

La furia se reavivó.

–No lo intento. Te lo digo. Adrede nos has mantenido separados. No tenías derecho a hacer eso.

–Oh, vamos. Dejas a las mujeres en un abrir y cerrar de ojos y sin mirar jamás atrás. Lo único que hice fue salvarla de una decepción.

–Mientras te la quedabas para ti.

Para crispación de Marco, su hermano sonrió.

–Ahora que la abuela me ha traído el anillo que le pedí, pretendo declararme esta noche. Depende de ella aceptar o no. Teniendo en cuenta lo parecidos que somos, creo que encajaremos muy bien. Oh, lo más probable es que no acepte de inmediato. Es algo demasiado rápido y súbito. Pero en cualquier caso, ayudará a cimentar nuestra relación hasta que acepte mi proposición.

–Por favor, Lazzaro –interrumpió Nonna–. Si insistes en seguir este camino, lo lamentarás el resto de tu vida.

–Y yo me aseguraré de que así sea –agregó Marco.

Lazz enarcó una ceja.

–¿Qué piensas hacer? ¿Decirle a Caitlyn que tengo un gemelo? Estoy seguro de que eso le resultará muy interesante, pero no creo que altere su vida. ¿Le contarás que te vio a ti aquel primer día en el trabajo? Llevamos saliendo seis semanas. ¿De verdad crees que le importará después de todo este tiempo? –movió la cabeza–. Es demasiado tarde. Está unida a mí. Ve a encontrar a otra mujer a la que seducir.

–Caitlyn está destinada a mí y tú lo sabes. Si no, ¿por qué te has esforzado tanto en mantenernos separados?

Por primera vez algo de vehemencia se asomó a los ojos de Lazz.

–Marco, tú crees que todas las mujeres están destinadas a ti. Siempre lo has creído, lo que explica la cicatriz que tengo. ¿Es que no lo recuerdas? Es por lo sucedido aquel día que creamos la regla de «terreno vedado».

–No lo he olvidado, aunque tú sí.

–No había nada entre Caitlyn y tú; por lo tanto, no puedo sentirme culpable por entrar en escena –cruzó los brazos–. Acepta los hechos, Marco. Ésta es la mujer que no puedes tener, razón por la que probablemente la deseas. Bueno, pues has llegado demasiado tarde. Vas a tener que encontrar un modo de aceptar la derrota. Caitlyn y yo nos compenetramos y tienes una notificación oficial de no entrometerte. Además, teniendo en cuenta lo vengativa que se ha mostrado *The Snitch* en estas últimas seis semanas, es muy probable que, si continúas por esta senda, terminen por descubrir esta historia y la publiquen. No creo que a los Romano les encante la idea de leer otro escándalo de los Dante, ¿no te parece?

Estaba decidido a ocuparse de cualquiera o de cualquier cosa que amenazara el vínculo que se había formado aquella mañana en el vestíbulo de Dantes. No importaba que sólo hubiera hablado cinco minutos con Caitlyn. Podrían haber sido cinco segundos. En el instante en que se tocaron, sus destinos habían quedado sellados. No podía explicarlo, pero la conexión que se produjo aquel día lo había impulsado a encontrar a Caitlyn. A hacerla suya de todas las maneras posibles.

Y lo lograría.

Se plantó ante su hermano.

—Deja que yo me preocupe de los Romano y *The Snitch*. En cuanto a Caitlyn... ¿te atreverías a someter tu fe en su afecto a un pequeño test? ¿Por qué no me das vía libre esta noche y comprobamos quién de los dos termina yéndose a casa con ella?

Si Nonna no se hubiera interpuesto entre los dos, Marco no dudó de que Lazz le habría dado un puñetazo.

—No juegues con ella, Marco. Última advertencia. Retírate.

—Y yo te lo advierto a ti, Lazz. El Infierno es real. Y no dejaré que ningún hombre me quite a mi mujer —se inclinó por encima de su abuela para recalcar las palabras—. Ni siquiera mi propio hermano.

—¡Tarde, tarde, tarde!

Caitlyn voló al espejo para un último vistazo al tiempo que miraba con desesperación el reloj. El coche llegaría en cinco minutos. ¿Por qué Lazz había tenido que elegir justo esa noche para cambiar la hora de su encuentro?

Se puso las gafas de leer y comprobó por última vez la nota que le había enviado. Debía de tener prisa al escribirla, porque apenas reconocía su caligrafía. Parecía más audaz y menos precisa, más… apasionada. Le pedía que quedaran en la terraza del hotel Le Premier, para compartir unas copas a la luz de la luna. Se subió las gafas y sonrió. Que romántico.

Se examinó ante el espejo una última vez. Se había vestido con sumo cuidado para la fiesta de aniversario de Dantes, eligiendo un vestido largo de noche de un tono lila muy suave y aplicándose un toque más de maquillaje que el habitual. Nunca podía dejar de sorprenderse al ver lo diferente que estaba cuando se vestía de forma distinta al estilo cotidiano de negocios. El maquillaje añadía un destello de glamour y sofisticación, mientras el corpiño sin tirantes atraía la atención sobre los hombros y el escote. Hasta la falda amplia ofrecía la ilusión de magia y romance, flotando a su alrededor como lenguas de niebla. Sonrió.

Se quitó las gafas del cabello y las arrojó sobre la cama, junto al bolso. Debía recordar recogerlas antes de irse o dependería de Lazz para que esa noche le leyera cualquier cosa escrita que tuviera delante de ella.

Pensar en él hizo que su sonrisa vacilara de forma casi imperceptible. Sabía que Britt y Angie creían que en algún momento de la velada él planeaba declararse, pero no podían estar más equivocadas. Sus amigas no eran conscientes de que las cosas entre Lazz y ella no habían progresado hasta ese punto. Hasta ese momento.

Gracias a la conversación del mediodía, tenía decidido que había llegado el momento para un cambio. Quería sexo con Lazz, algo que la había hecho titubear hasta ese instante. Pero tras una larga reflexión, había llegado a la conclusión de que necesitaba saber si la conexión era más profunda que el romance despreocupado que habían llevado hasta entonces.

Necesitaba saber si Lazz tenía algo del Zorro en su alma.

Le dio la espalda al espejo y miró de nuevo la hora, cediendo una vez más al pánico.

Recogió el bolso y corrió hacia el coche que él le había enviado y a una noche que esperaba que cambiara todo su futuro.

En cuanto entró en el vestíbulo del hotel, se le acercó un empleado uniformado. Después de confirmar su identidad, la escoltó por un corredor paralelo al salón y le indicó un arco que daba a la oscuridad estrellada de una gran terraza que miraba hacia la parte baja de San Francisco. Se detuvo un instante para que sus ojos pudieran adaptarse y de inmediato comprendió que no necesitaba la visión. Se activó otro sentido, una aguda percepción de la presencia de alguien justo a su izquierda. Una extraña fiebre comenzó a crepitar en sus venas, cobrando vida de un modo que la anonadó. No había experimentado nada parecido desde...

Respiró hondo. Desde la mañana que había entrado en Dantes y conocido por primera vez a Lazz.

Esbozó una sonrisa.

—Puedo sentirte —susurró en la oscuridad—. No puedo verte, pero puedo sentirte —giró lentamente hasta quedar de cara a él o donde imaginaba que estaba—. ¿Y bien? ¿No vas a decir nada?

—Te he estado esperando —fue la sencilla respuesta.

Capítulo Tres

Ese simple comentario y las terminaciones nerviosas de Caitlyn cobraron vida con una intensidad que la aturdió. Eran las mismas palabras que había pronunciado cuando se conocieron en Dantes. ¿Cuántas veces habían hablado desde entonces? ¿Cuántas veces habían estado juntos, aunque en otros entornos menos románticos? Sin embargo, esa simple frase consiguió descolocarla.

Quizá tuvo que ver la voz. Sonaba más profunda que las otras veces. Más ronca y apasionada, y transmitía un deseo evidente. Todo su instinto respondió a esa orden muda, instándola a ir hacia él. A rendirse. A entregarse tan completamente como sólo una mujer podía.

Avanzó un paso. Ése era el hombre al que había conocido semanas atrás. El hombre que la había sacado de su sueño y encendido emociones que nunca había llegado a imaginar que poseía.

–¿Dónde has estado? –le preguntó.

Salió de las sombras y se acercó.

–¿Importa? Ahora estoy aquí –extendió la mano–. He de hacerte una pregunta.

Ella no vaciló y le tomó la mano. «¡Sí!», susurró una vocecilla en su cabeza, reconociendo la perfección de ese contacto. Y lo que le resultó aún más notable fue el torrente de deseo tan poderoso que le impidió pensar con claridad. Se sintió eufórica. Ahí estaba el hombre perfecto para ella, un hombre que reflejaba sus propios ideales. Pragmatismo. Seguridad. Éxito. Y un atractivo poderoso. Los cimientos básicos para una relación próspera.

–¿Qué me querías preguntar? –logró decir.

–¿Confías en mí?

Si no hubiera hablado con esa intensidad, Caitlyn se habría reído.

–Claro que confío en ti.

–Entonces, bésame.

Pudo más la curiosidad que la seductora tentación.

–No entiendo. ¿Qué te pasa?

–Intento aclarar algo. Demostrar que lo que sentimos cuando nos tocamos por primera vez fue real. Que la fantasía puede convertirse en realidad. Que eres una mujer que merece perder la cabeza, no sólo esta noche, sino todas las noches.

Ella sintió que palidecía.

–Lo oíste. Estabas en tu oficina al mediodía. Escuchaste lo que Britt y Angie dijeron –Dios, lo que ella misma había dicho… que esperaba al Zorro–. Nos oíste, ¿verdad?

Él inclinó la cabeza.

–Sí.

–Lo siento. Yo…

–No te disculpes. Era importante que yo lo supiera.

Lazz cerró la distancia que los separaba y detuvo sus palabras con un movimiento fácil. Bajando la cabeza, le enmarcó la cara entre las manos y la besó. Y con ese beso la envió dando vueltas a un sitio en el que nunca antes había estado.

En las últimas seis semanas la había besado muchas veces, pero ninguna se había parecido a eso. El primer contacto fue lento y delicioso, un deslizamiento de labios mezclándose con un susurro de la lengua, combinado con una sensualidad que derretía los huesos y que Lazz le había mantenido oculta hasta ese momento. Exhibía toda la novedad de un primer beso, lo que le resultó tan extraño y desconcertante como encantador.

Se hundió en el abrazo, abriéndose a él y estableciendo un ataque y contraataque que le causó una deliciosa fricción por las venas. Se preguntó por qué había titubeado todas esas semanas. Eso era lo que deseaba. Lo que necesitaba. Si la hubiera besado con esa dulce energía desde el principio, tal como había esperado por el primer encuentro, habría caído en su cama en la primera cita.

Él se retiró levemente.

–¿Mejor?

–Como la noche y el día –confesó Caitlyn. Frunció el ceño–. Pero no entiendo. ¿Por qué no me besaste así antes?

–Te estoy besando así ahora.

Le acarició la mandíbula antes de trazar con las yemas de los dedos la extensión de su cuello y bajar a los hombros desnudos. Ella tembló bajo esas caricias y él sonrió con una clara expresión masculina. Caitlyn no pudo contener un jadeo cuando las manos continuaron el descenso con el fin de explorar sus curvas con manifiesto gozo. La miró al volver a acercarla a él, uniéndose en una integración perfecta.

No dejó de observarla en ningún momento, consumiéndola con la intensidad de su mirada. En todas las semanas que llevaban juntos, Caitlyn nunca había visto la expresión que mostraban sus ojos en ese momento, una embriagadora combinación de pasión, añoranza y determinación. Como tampoco había reaccionado de esa manera cuando la había abrazado, como si hubiera estado perdida y al fin hubiera encontrado el camino a casa.

La diferencia la desconcertó. No la entendía, no más que el cambio de Lazz. Pero fuera lo que fuere lo que lo hubiera transformado, esperó que no desapareciera jamás. Si antes de esa noche había albergado alguna duda acerca de su relación, se disipó con ese único beso.

–¿Todo esto se debe a que escuchaste mi conversación al mediodía? –preguntó aturdida.

No lo negó.

–¿Quieres al Zorro? Yo puedo dártelo. ¿Quieres que te lleven lejos de aquí? Yo también puedo hacerlo.

–Oh, Lazz –por algún motivo, fue como si él reculara, se dijo que posiblemente por la compasión de su voz–. No quiero que cambies, sólo deseo que seas tú mismo –la verdad era que esas promesas extravagantes la aturdían. A los hombres que vendían cuentos de hadas les sucedía lo mismo que al coche de la Cenicienta a medianoche. Se desvanecían. No tenía ganas de quedarse con una calabaza en la mano igual que su madre.

–Lo creas o no, estoy siendo yo mismo.

Ella sonrió.

–¿En tu corazón eres el Zorro?

–Más de lo que puedas imaginar.

No se molestó en cuestionar eso. Pasaba suficiente tiempo con Lazz como para saber que no era el Zorro. Tal vez fuera el hermano del Zorro, pero le parecía demasiado sereno y analítico como para encarnar al misterioso adalid, sin importar lo mucho que ella deseara lo contrario.

–Puedo vivir sin el Zorro –le aseguró–. Al menos, puedo si te tengo a ti –le rodeó el cuello con los brazos–. Así.

–Puedes, con una condición.

–Dila.

–Que te vengas conmigo. Ahora. Esta noche –frenó su negativa automática con un simple movimiento de cabeza–. Escúchame, Caitlyn. Te conozco, conozco tu verdadero yo. Puede que te aferres a los hechos, a los números y a los gráficos porque te resultan seguros, familiares y lógicos. Pero no quieres nada de eso en un amante. Anhelas a un hombre capaz de ver debajo de la superficie, que comprenda que posees el alma de una romántica y que satisfaga todas tus fantasías más apasionadas.

Lo miró aturdida. Era como si hubiera escudriñado su corazón y leído sus secretos más profundos. Había estado toda su vida haciendo «lo correcto». Siguiendo las reglas y los parámetros establecidos por su abuela. Por una vez, quería cruzar la línea. Correr un riesgo. Y ahí estaba Lazz, un hombre que la atraía locamente, ofreciéndole justo esa oportunidad.

–¿Adónde quieres ir? –le preguntó.

–A Nevada.

Ella parpadeó.

–Quieres ir a Nevada. Esta noche –al verlo asentir, lo observó confusa–. Pero, ¿por qué? Si quieres que pasemos la noche juntos…

Él se puso rígido.

–Continúa.

Por algún motivo, Caitlyn se sonrojó.

–Sé que no lo hemos hecho… aún. Pero no tenemos que ir hasta Nevada para eso.

Él se relajó lo suficiente como para reír.

–Hay otros motivos para ir allí.

Ella enarcó las cejas.

–¿Quieres ver un espectáculo? ¿Jugar?

–No, *cara*. Quiero casarme contigo.

Pudo ver que la había dejado sin habla. Lo miró fijamente con ojos enormes e incrédulos.

–¡Casarte conmigo!

–Nada más verte te deseé –manifestó con el corazón–. Supe que eras tú.

–Pero estas últimas seis semanas…

Había previsto esa pregunta al planear la velada.

–¿Qué habrías hecho si me hubiera abierto así aquel primer día?

–Huir como perseguida por mil demonios.

–¿Y ahora, pasadas seis semanas?

–No estoy huyendo –concedió–. Pero estoy aturdida. No es algo que debamos hacer a ciegas.

–Tú me deseas –afirmó.

–No puedo negarlo –se hundió contra él y apoyó la mejilla en su hombro–. Pero ¿matrimonio? ¿Tan pronto?

–La espera no cambiará lo que siento por ti.

–Pero nos dará tiempo para conocernos mejor –se retiró unos centímetros–. Sé práctico, Lazz –entonces rió–. ¿Qué digo? Aparte de mí misma, eres la persona más pragmática que jamás he conocido.

Cada vez que usaba el nombre de su hermano, anhelaba corregirla, exigirle que lo viera a él… no a Lazz. Faltaba poco para eso. Pero primero debía llevarla a Nevada. Todo lo que había puesto en marcha esa noche dependía exclusivamente de eso. La nota que le había enviado en la que le pedía que se reuniera con él una hora antes, el horario del coche y del avión, las excusas que Nonna le ofrecería a su hermano acerca de la ausencia de Caitlyn en la fiesta... Todo dependía de su capacidad de arrancarle una simple concesión a la mujer que tenía en brazos.

–Ya has sido práctica –arguyó–, y no te ha hecho más feliz que a mí. No es lo que quiero y apuesto lo que sea a que tampoco es lo que tú quieres.

–De acuerdo, lo reconozco –confesó con un suspiro–. Me gustaría algo más que pragmatismo.

–Entonces, ven conmigo.

Estaba a punto de rendirse.

–¿Y qué pasa con la fiesta de aniversario de tus abuelos? –movió la cabeza–. No nos precipitemos. Podemos ir a Nevada en otra ocasión. Deberíamos estar presentes en su noche especial.

–Ya le conté a Nonna nuestros planes en caso de que tú aceptaras, y tenemos la aprobación de Primo y de ella. Nonna presentará nuestras excusas al resto de la familia –y con suerte lograría que Lazz corriera en círculos hasta que fuera demasiado tarde–. Di que sí, Caitlyn –instó–. Quieres dejarte llevar y eso es lo que te ofrezco –antes de poder ofrecerle más argumentos, volvió a besarla. Fue un beso poderoso y físico. Una exigencia. Una seducción. Una unión. Ya nunca podría confundirlo con otro hombre–. Confía en mí. Corre un riesgo.

Lo miró arrobada y Marco apenas logró contener una sonrisa. Se la veía igual que él se sentía. Si había albergado alguna duda acerca de sus planes para las siguientes veinticuatro horas, se había desvanecido en cuanto se reunió con él en la terraza. En el instante en que se tocaron lo invadió la certeza. Estaban hechos el uno para el otro. Nunca en la vida había estado más seguro de algo.

–Me gustaría ir a Nevada contigo –movió la cabeza como si quisiera despejarla, y el cabello se le escapó del moño elegante, cayendo sobre sus hombros–. Pero no para casarme contigo –se apresuró a añadir mientras se desprendía los broches con que había sujetado su largo pelo.

–Ya lo veremos.

–Hablo en serio, Lazz. Nada de matrimonio.

–Y yo también, Caitlyn –le quitó los broches y se los guardó en el bolsillo antes de robarle otro beso que prácticamente la hizo gemir–. Quiero que seas mi esposa.

No le brindó la oportunidad de discutir. La escoltó fuera de la terraza y del hotel. Le había ordenado al chófer que la había llevado a Le Premier que los esperara justo ante la puerta para que pudiera transportarlos de inmediato al aeropuerto. También había arreglado que el jet de la empresa se hallara preparado para el vuelo a Nevada.

No quería arriesgarse a tener retraso alguno ni a que Caitlyn se lo pensara mejor. En cuanto estuvieran casados, se encargaría de la inevitable sorpresa de su verdadera identidad. Pero antes de eso, la uniría a él con el compromiso más sagrado de todos.

En cuanto despegaron, le pasó una copa alta de champán. La luz era tenue y, los sillones, amplios y mullidos. Alzaron el reposabrazos que los separaba y ocuparon sus sitios con Caitlyn junto a la ventanilla.

–¿Estás cómoda?

–Mmm. No recuerdo la última vez que me sentí tan bien.

–Creo que yo puedo mejorar eso.

–No es posible.

Sin decir una palabra, le pasó un brazo por debajo de las rodillas y la giró, de modo que la espalda quedó apoyada contra la pared de la cabina y los pies en su regazo. Le quitó las sandalias de tacón alto y dejó que cayeran al suelo. Luego comenzó a masajearle los arcos de los pies. Divertido, la vio cerrar los ojos y suspirar.

–Creo que me gustaría revisar tu anterior oferta –dijo ella.

Él rió.

–Imagino que querrás realizar una contraoferta.

–Por supuesto –lo miró con los ojos entrecerrados–. Si nos casamos, ¿esto formará parte del ritual de todas las noches?

–Lo que tú quieras, *cara*.

–¿Por qué no me explicaste esta ventaja antes? Todas estas semanas trabajando juntos y nunca... Oh me olvidaba.

Pasó a modo de trabajo con una facilidad que él supuso que se debía a mucha práctica. Bajó los pies de su regazo, dejó la copa de champán y hurgó en el bolso en busca de la agenda electrónica.

–¿Dónde he puesto mis gafas de leer? –musitó–. Maldición. Al final, me las dejé encima de la cama. Escucha, casi me olvido de decírtelo. Llamaron de la cuenta Reed para fijar una reunión el jueves. Me preguntaba si podía llevarme a Lassiter...

Calló cuando él le quitó la agenda de las manos y volvió a guardarla en el bolso.

–Esta noche no, Caitlyn. Ni móviles ni agendas electrónicas. Esta noche es para el romance. Ni una palabra más de negocios. Quiero saber cuál es tu versión de la felicidad. Quiero conocer a la mujer, no a la ejecutiva. ¿Qué me dices de tus sueños?

Ella parpadeó y lo observó asombrada.

–¿Disculpa? ¿En cuántas veladas románticas hemos hablado de negocios con una botella de Chianti? Pensé que era lo que preferías.

Se sintió tenso.

–¿Quieres pasar el resto de tu vida con un socio o con un amante? Cuando el sol se ponga, ¿prefieres hablar de la cuenta Reed o intercambiar los detalles íntimos que sólo unos amantes comparten?

Los ojos de ella reflejaron una combinación de nerviosismo y esperanza.

–Hablas en serio, ¿verdad?

–Muy en serio. De hecho, quiero hacerte una pregunta.

–Sabes que puedes preguntarme lo que quieras.

–¿Crees en el amor a primera vista... al primer contacto?

–¿Al primer contacto? –su expresión se suavizó y le tomó la mano–. ¿Eres consciente de que te estás masajeando la palma de la mano igual que lo hago yo?

–Yo... ¿qué?

–La palma. Desde la primera vez que nos estrechamos las manos sentí esa chispa extraña. Y muchas veces me sorprendo masajeándome la mano. No pensé que a ti te sucediera lo mismo, pero esta noche ya lo has hecho dos veces.

–Tienes razón –podría haberle dicho que era una reacción al Infierno, una que jamás había sabido que las mujeres experimentaran. Al menos, hasta esa fecha. Pero no lo entendería. Todavía no–. ¿Alguna vez analizas el día que nos conocimos?

–Todo el tiempo –confesó con voz queda–. Pensé que me lo había imaginado.

Intentó contener el entusiasmo para no alarmarla.

–¿Por qué?

Caitlyn se encogió de hombros.

–Ya sabes.

La vio incómoda, sin duda porque no quería herir sus sentimientos.

–Porque después de aquello cambié.

–Lo entendí –se apresuró a tranquilizarlo–. Soy una empleada de la empresa de tu familia. No habría sido apropiado que aquel día… –calló con otro encogimiento de hombros.

–¿Lleváramos lo iniciado en el vestíbulo a su inevitable conclusión?

Ella esquivó su mirada.

–Expuesto con esa discreción, sí. Los dos sabemos hacia dónde conducían los asuntos aquella mañana.

–¿Qué crees que habría pasado si en vez de entrar en el ascensor te hubieras ido conmigo?

En esa ocasión, lo miró a los ojos.

–Ninguno de los dos se habría presentado a trabajar aquel día. Probablemente, a mí me habrían despedido y tú habrías…

–¿Qué?

–Habrías considerado mi conducta totalmente inapropiada. Habríamos tenido un día interesante y ahora yo estaría trabajando en otra empresa –la sonrisa vaciló–. Y no nos encontraríamos aquí hablando del tema.

–Yo tengo otro escenario –introdujo los dedos entre su cabello y le acercó la cara–. Creo que nos habríamos escabullido y permitido que lo que sentíamos el uno por el otro llegara a su conclusión natural. Luego yo habría llamado a personal y les habría explicado que había requerido tu presencia por asuntos oficiales de Dantes y que empezarías a trabajar al día siguiente.

–Es una bonita fantasía.

Él movió la cabeza.

–Es lo que habría pasado. En su lugar, estuve a punto de perderte. Para ti lo que sucedió en el vestíbulo se convirtió sólo en un sueño, que se desvanecía un poco más con cada día que pasaba, hasta que comenzaste a pensar que habías imaginado la conexión que forjamos aquella mañana.

–Pero ahora ha vuelto –le recordó con una sonrisa feliz–. De modo que todo está bien.

–Y va a seguir bien. Porque esta vez sí escuchamos a nuestros instintos en vez de huir de ellos.

–¿Y cuando irrumpa la realidad?

–Quiero que me prometas que seguirás prestando atención a esos instintos. Que seguirás a tu corazón y no a tu cabeza.

Caitlyn volvió a reír, en esa ocasión con más libertad.

–No puedo creer que tú, de entre todas las personas posibles, me estés diciendo eso, Lazzaro Dante.

Oír ese nombre lo puso rígido.

–¿Por qué?

–Por favor. Ayer mismo me explicabas que no había que confiar en la emoción y el instinto. Que el motivo por el que nos llevamos tan bien es porque los dos somos personas racionales y lógicas –frunció el ceño–. ¿Qué te ha hecho cambiar de idea desde entonces?

–Me sorprende que te tragaras todas esas insensateces –respondió, tratando de convertirlo en una broma.

Ella entrecerró los ojos e insistió.

–Fuiste tú quien lo dijo. ¿Es que no lo crees?

–Ni siquiera un ápice.

–Bueno, yo sí… o lo hacía. Ahora me siento realmente confusa –comentó con cierta aprensión–. ¿Qué está pasando, Lazz?

–Caitlyn… –necesitaba encontrar una manera de situarla en un plano diferente que el que compartía con su hermano–. Me gustaría empezar de nuevo. Aquí y ahora. Durante el resto del viaje, finjamos que es otra vez aquella primera mañana y que acabamos de conocernos. ¿Crees que puedes hacerlo?

–Supongo –la tensión se evaporó poco a poco–. De hecho, suena divertido.

Justo en ese momento la auxiliar de vuelo se acercó para informarles de que estaban a punto de aterrizar. Una vez más había arreglado que un coche los llevara al hotel, una estructura magnífica situada junto a un lago pequeño y brillante. De inmediato los condujeron a una suite privada, con una cama enorme, una bañera empotrada en el suelo, un baño con hidromasaje que bien podría haber sido una piscina y una terraza privada con jacuzzi.

La miró y sonrió.

–¿En cuál prefieres meterte desnuda?

Capítulo Cuatro

Caitlyn observaba el lujo que tenía ante sí con absoluta incredulidad.

–Todo mi apartamento podría caber en esa bañera.

–Mmm. Me parece que necesitas un apartamento mayor. Quizá podamos hacer algo al respecto cuando volvamos. Mi casa es, como mínimo, tan grande como esa cama. ¿Qué dices, *cara*? ¿Estás interesada en cambiar una bañera por una cama?

Ella se giró para mirarlo.

–¿Sabes?, es la tercera vez esta noche que has empleado esa palabra cariñosa al dirigirte a mí, lo cual resulta extraño si tenemos en cuenta que no la utilizabas desde la mañana que nos conocimos. De hecho, en las últimas horas te he oído decir más cosas en italiano que en las últimas dos semanas.

–Acostúmbrate. Me las saca la pasión –miró alrededor casi con entusiasmo juvenil y se frotó las manos–. Probemos todo. ¿Por dónde quieres empezar? ¿Un baño largo y romántico con velas y chocolate? ¿Un rato en el hidromasaje? –su voz se tornó ronca–. ¿O jugamos al escondite en esa cama del tamaño de un estadio de fútbol?

–Lazz…

No pudo evitarlo. El nombre de su hermano en labios de Caitlyn lo crispó. Necesitaba encontrar un modo de separarlos a los dos en la mente de ella, poner una marca indeleble que jamás pudiera borrarse.

–Será la cama.

Llegó al lado de ella en dos zancadas y la alzó en brazos. Caitlyn tembló por la trepidación que batallaba con el deseo, ganando este último. La vio sonrojarse de forma deliciosa. Con un suspiro apenas audible, le rodeó el cuello con los brazos y enterró la cara en el hueco de su hombro.

–Ya no quiero ser una alta ejecutiva –le informó con voz queda.

De pronto sintió una ternura abrumadora hacia la mujer que tenía en brazos.

–¿Quién te gustaría ser?

–Yo. Ahora mismo. Contigo –alzó la cabeza y lo miró con expresión solemne–. ¿Qué podría ser más perfecto?

–Nada que se me ocurra.

Retiró el edredón antes de posarla sobre la cama. Su cabello se extendió como tinta negra sobre una sábana de color marfil. Se echó a su lado, sin prisas una vez que la tenía donde más deseaba.

–Si quieres, podríamos hacer que este viaje fuera aún más especial –ofreció con suavidad–. Cuando volvamos mañana, podría ser como señor y señora Dante.

Durante un segundo pensó que había ido demasiado lejos. Ella se humedeció los labios y lo miró.

–¿Sabes?, había planeado cómo responderte esta noche en caso de que Britt y Angie tuvieran razón acerca de tus intenciones –admitió con vacilación.

–¿Y qué decidiste?

–Decirte lo mucho que apreciaba nuestra amistad y cuánto esperaba que con el tiempo se convirtiera en algo más íntimo. Que estaba dispuesta a dar el siguiente paso si tú lo estabas, pero que teníamos que ir despacio.

−¿Y ahora?

Las lágrimas centellearon como diamantes en sus ojos.

−Y ahora sólo puedo pensar en lo afortunada que soy de haberte encontrado de nuevo y el miedo que tengo de despertar mañana y descubrir que no ha sido más que un hermoso sueño. Que nuestra relación volverá a ser lo que era y que perderé todo esto.

−No es un sueño y no vas a perderme.

La aprensión no se desvaneció de los ojos de Caitlyn.

−¿Qué pasa si todo vuelve a cambiar? ¿Qué sucede si volvemos a estar como antes?

−No sucederá, te lo prometo −le dio un beso fugaz en los labios−. Cásate conmigo, Caitlyn, y llenaré tus días y tus noches con más romance y aventura que lo que imaginabas en tus sueños más descabellados.

−Sabiendo cuáles son mis sueños, es una promesa exigente.

−Ponme a prueba.

Ella asintió llena de júbilo.

−Creo que acabas de ganarte una prometida, señor Dante.

−¿Estás segura?

−Muy segura.

−Entonces, ¿qué te parece si lo hacemos bien? −miró su reloj de pulsera−. El registro civil no cierra hasta las doce de la noche...

Lo abrazó con más fuerza.

–¿Y cómo sabes eso?

–*Cara* –la reprendió–, es mi placer anticipar cada una de tus necesidades.

–Algo que haces con brillantez.

–Y que pronto haré aún más brillantemente. Deja que realice una llamada de teléfono y luego iremos a buscar nuestra licencia.

–Perfecto. Eso me dará tiempo para refrescarme –lo miró–. Prometida y esposa en una sola noche –frunció la nariz–. No sé si puede haber mayor locura.

–Dale tiempo –esperó que no captara la ironía que subrayaba su comentario.

Mientras Caitlyn estaba en el cuarto de baño, llamó para confirmar la boda que ya había organizado y que esperaba que convirtiera la noche en lo más especial posible. El trayecto hasta el registro civil apenas les llevó tiempo, aunque rellenar los formularios necesarios hizo que Marco experimentara un momento de preocupación. Por suerte, que Caitlyn olvidara las gafas en las prisas por ir a reunirse con él fue una bendición del cielo.

Al regresar al hotel, descubrió que no sólo habían cumplido su petición, sino que la habían superado con creces. La pequeña capilla rebosaba de flores de todas las formas, colores y variedades mientras unas velas blancas le daban a la sala un resplandor suave. Un cuarteto de cuerda llenaba la sala con música suave y romántica. Había pedido que la ceremonia la oficiara un sacerdote, preferiblemente en el latín con el que él había crecido, y descubrió que hasta habían arreglado eso. Y las «ayudantes» que había contratado para que auxiliaran a Caitlyn con cualquier retoque que deseara realizar a su vestido, cabello o maquillaje, esperaban para conducirla a una pequeña antecámara mientras él iba nervioso de un lado a otro delante del altar.

En cuanto llegó el sacerdote, le explicó los cambios que quería. Al día siguiente pagaría caro por esa noche. Tendría que ocuparse de la conmoción y la furia de su esposa cuando descubriera el engaño. De la ira de su hermano. De la desaprobación de su familia por el método elegido para soslayar a Lazz. Nada de eso importaba. Lo único que contaba era la reacción instintiva de Caitlyn cada vez que la tomaba en brazos. La cabeza de ella quizá no lo conociera, pero el resto sí, y respondía con amoroso abandono. Lo demás llegaría con el tiempo.

Siempre y cuando pudiera convencerla de que le concediera ese tiempo.

Justo entonces apareció en la entrada de la capilla, y casi se le paralizó el corazón. Nunca en la vida había visto una mujer más hermosa. Con sonrisa tímida fue hacia él, el vestido flotando a su alrededor como tejido con telarañas. Un tenue velo enmarcaba el contorno elegante de su cara y llevaba un ramo de sencillas rosas blancas.

La ceremonia tuvo lugar como parte de un sueño. La única vez en que el sacerdote utilizó el nombre de Marco, éste se inclinó un instante antes y le susurró a Caitlyn un comentario jocoso al oído para que esa discrepancia pasara desapercibida. Al final, le puso el anillo en el dedo.

Había elegido un solitario con un exquisito diamante de fuego en un antiguo engaste de platino de una selección de anillos que Nonna le había llevado, junto con unas alianzas a juego.

—Planeaste esto desde el principio, ¿verdad? —le preguntó con voz queda y sorprendida.

—Digamos que, cuando te lo pedí, esperaba que aceptaras.

El rubor invadió sus mejillas.

—Gracias. Creo que jamás he sido más feliz.

Le dedicó una mirada ardiente.

—Dale tiempo. Mi intención es hacerte mucho más feliz dentro de un rato.

El rubor se intensificó, pero no apartó la vista. En todo caso, sus ojos albergaban una promesa que Marco esperó que durara toda la vida.

Casi a medianoche, fueron declarados marido y mujer, la tomó en brazos y, por primera vez, besó a su esposa.

Luego regresaron a la suite.

—¿Te apetece otra copa de champán? —preguntó, quitándose la chaqueta.

Ella dejó el ramo en una mesa lateral y pasó las yemas de los dedos por las flores aterciopeladas.

—No quiero que el alcohol nuble mi memoria —lo miró a los ojos—. Quieres que lo recuerde todo, ¿no?

—Cada minuto —confirmó.

El fuego ardió en los ojos de ella.

—Entonces, declinaré el champán.

Para su paz mental, Marco tuvo que estar seguro.

—¿Te molesta que hayamos precipitado las cosas, que no estuvieran presentes nuestras familias?

Caitlyn movió la cabeza.

—En realidad, no. La abuela está muerta y no tengo ni idea de dónde anda mi madre en la actualidad.

—¿Por qué no? —preguntó sin pensarlo.

Lo miró extrañada.

–Ya lo sabes, Lazz.

–Cierto. Lo siento –recogió la chaqueta de donde la había dejado y fue al otro extremo de la suite para colgarla y así poder ocultar su expresión–. Me temo que por parte de mi familia habrá mucho enfado –dijo.

Para su alivio, el momento de peligro había pasado y ella se centró en esa última preocupación.

–Estarán molestos por no haber sido invitados, ¿verdad?

–No somos los primeros de la familia en fugarnos. Pero no estarán contentos, no.

–En particular porque no era necesario.

–Todo lo contrario. Creo que era muy necesario. Creo que necesitábamos alejarnos del trabajo y de la familia y simplemente confiar en lo que sentimos el uno por el otro –ladeó la cabeza–. ¿Tú no?

Lo consideró unos momentos antes de asentir.

–Empiezo a sospechar que para nosotros no habría funcionado de otro modo –sonrió fugazmente–. Demasiados ladrillos e insuficiente mortero.

–¿Y el mortero es el romance?

Ella asintió y Marco se sintió satisfecho. Su hermano había estado muy equivocado sobre ella, igual que Britt y Angie. Caitlyn y Lazz no se parecían en nada. Cierto, ambos compartían una mentalidad de contable, pero ahí se acababa. Por dentro, donde realmente contaba, ella representaba todo lo que era femenino. El espíritu colosal, la suavidad que cubría una fortaleza indómita, la brillantez atemperada por la compasión y la creatividad… Cualidades que se habían perdido en Dantes. Que su hermano no había notado ni entendido.

Pero él sí las entendía y las apreciaba.

Se tomó su tiempo, con la intención de hacer que esa noche fuera lo más especial posible. Se acercó despacio al tiempo que se quitaba la pajarita y se desabotonaba la camisa.

–Cuéntame cómo te sientes, Caitlyn.

–Feliz. Nerviosa –bajó la vista a su torso desnudo–. Hambrienta.

Él siguió acortando la distancia que los separaba.

–Lo primero, pretendo fomentarlo. Lo segundo, lo puedo mitigar. Y lo tercero, planeo satisfacerlo por completo. En todos los sentidos –llegó a su lado y desterró cualquier duda con besos hasta que la tuvo trémula, con un deseo tan grande que no se podía contener–. Aguarda –murmuró–. Lo primero es lo primero –le quitó el velo y con cuidado lo apoyó en la silla más próxima.

Luego, Caitlyn dejó de esperar. Se deslizó en sus brazos y ladeó la boca sobre la suya en un beso encendido y codicioso que le reveló sin rodeos lo mucho que lo deseaba.

Marco le soltó el broche del vestido en la base de la nuca y los bordes del corpiño cayeron hasta la cintura, desnudándola a su mirada. En silencio, ella se llevó las manos a la espalda y bajó la cremallera del vestido, permitiendo que se deslizara al suelo antes de abandonarlo.

No llevaba más que un minúsculo triángulo de encaje que apenas ocultaba el corazón de su feminidad. La vio orgullosa y elegante y más deseable que ninguna mujer que hubiera conocido jamás.

Se tomó su tiempo para saciarse visualmente hasta darse cuenta de que detrás de esa fachada de serenidad, su hermosa esposa se sentía nerviosa.

–Puedo arreglarlo –ofreció.

–¿Arreglar qué? –preguntó desconcertada.

Le tomó la mano y uno a uno le abrió los dedos cerrados.

–Esto.

Cerró los ojos y suspiró.

–Me he delatado, ¿verdad?

–Un poco –la pegó a él, dejando que el calor de su cuerpo aflojara la tensión del de Caitlyn. «Ve despacio», se recordó–. Dime qué te preocupa.

–Es una lista larga –confesó.

–Tenemos toda la noche –se encogió de hombros. Con una mano le acarició la espalda y, con la otra, le recorrió los omóplatos–. ¿Primer problema?

Ella tembló bajo su contacto.

–Yo… supongo que es la velocidad a la que va todo esto –explicó–. Hace sólo un par de horas nos encontrábamos en San Francisco en la terraza…

–Y yo te prometí una copa a la luz de la luna que jamás llegamos a tomar –se abrió camino a besos por la curva de su hombro hasta la base de su cuello–. Bueno, no es del todo verdad. Tomamos una copa en el avión. Y la luna nos iluminaba detrás de la ventanilla. ¿Lo notaste?

–La luna estaba perfecta y yo tuve mi copa –logró responder. Como si no pudiera evitarlo, ladeó la cabeza para ofrecerle mejor acceso–. Pero ¿cómo terminamos aquí? Se suponía que sólo íbamos a compartir un intermedio romántico antes de la fiesta de aniversario.

–Es lo que estamos haciendo ahora –le mordisqueó el lóbulo de la oreja y tiró con suavidad–. ¿Sí? ¿No?

Ella jadeó.

–No, no pares. Únicamente, explícame cómo pasamos de allí aquí.

–Ah. Quieres lógica –sonrió sobre su piel encendida por el intento de querer aportar orden al desorden–. Deja que lo adivine… ¿Quieres un mapa y coordenadas para poder trazar tu camino desde la A hasta la Z? –sintió que el humor derrotaba la tensión que anidaba dentro de ella.

–Algo parecido.

Juntó sus bocas hasta que para ellos sólo existió el juego de los labios y las lenguas.

–Puedo hacerlo –alzó la mano de Caitlyn y le dio un beso en el centro de la palma–. Para tu información, éste es el punto A, el lugar donde nos tocamos por primera vez.

Caitlyn volvió a jadear.

–Oh, sí. Ahora lo recuerdo. Ahí fue donde empezó todo esto.

No le dio tiempo a recobrar el aliento. La alzó en vilo y la llevó a la cama.

–Y justo aquí está el punto Z –se tumbó con ella–. Entre medias hay algunos puntos más –los descartó con un movimiento de la mano–. Ya te haces una idea general.

–Lazz…

Estuvo a punto de maldecir en voz alta al oír el nombre de su hermano, sabiendo muy bien que la culpa era toda suya. Logró esbozar una sonrisa.

–¿Te gustaría volver al punto A o te basta el Z?

Ella fingió pensárselo.

–El Z, por favor. Intercalado con algunos G, R y W.

–Excelente sugerencia, *cara*. El W se me da especialmente bien.

–Será un placer.

La tenía debajo, todo un lienzo de curvas marfileñas y labios de una ligera tonalidad coralina. Las puntas de sus pechos eran un tono más oscuro que los labios, con un fondo ofrecido por el torrente de oscura noche del cabello. Y por último el azul brillante de sus ojos, mirándolo como si el sol naciera y se pusiera con él.

Se preguntó si al día siguiente sentiría lo mismo. En caso contrario, sólo disponía de esa noche, una noche que quería hacer perfecta. Le tomó las manos y las guió a su torso, y allí donde le exploró el cuerpo, él reflejó cada uno de los movimientos.

En cuanto ella comprendió el juego, el rostro se le iluminó. Adrede pasó los dedos por los músculos duros de su torso, marcando diminutos remolinos alrededor de sus tetillas. Abrió mucho los ojos cuando él hizo lo mismo.

—¿Es así como quieres jugar? —demandó Caitlyn cuando se recobró lo suficiente para hablar.

—Veremos quién cede primero.

Ella enarcó una ceja.

—¿De modo que el perdedor es quien llega primero?

—Créeme, en este juego no hay perdedores —le sonrió, aunque pudo ver que la había intrigado. Bajó la cabeza a su pecho y le capturó el pezón entre los dientes al tiempo que tiraba con gentileza. No podría haber pedido nada mejor que el grito suave emitido por ella. Al ver que no le correspondía, preguntó—: ¿Ya te rindes?

Entonces fue su turno de temblar, de luchar por dominar el autocontrol. Caitlyn jugaba mejor de lo que había previsto, demostrando ser más creativa que lógica. Aun así, no creyó que lo que sucedía entre ellos tuviera que ver exclusivamente con la creatividad. De pronto comprendió que ella se estaba divirtiendo, como si semejante alegría fuera un placer nuevo. Como si en la vida todo hubiera sido trabajo y poco juego.

–Te estás riendo –la acusó en un punto.

Ella no pudo contenerse a pesar de intentarlo.

–¿Te molesta? Te juro que no es de ti. Nunca antes había probado este juego.

–Y lo estás disfrutando.

–Mucho.

En algún momento sus pantalones y calzoncillos se desvanecieron. Marco aprovechó la oportunidad para apagar todas las luces menos una lámpara tenue que sumió la habitación en sombras delicadas. Regresó a la cama y rodó con ella hacia la parte más oscura del lecho, donde la luz no podría delatar que le faltaba la cicatriz que tenía su hermano. Y entonces el juego se volvió serio.

Reinició la persecución, centrado en llevarla hasta el precipicio. Como si hubiera percibido el cambio, la risa de Caitlyn desapareció y fue sustituida por una creciente pasión. Marco le dedicó la máxima atención a cada parte de su cuerpo. Le proporcionó placer y más placer.

–Tú ganas –gimió–. Por favor, hazme el amor. Ya no puedo esperar más. Hazme el amor ahora.

–Sólo gano si tú ganas.

Cerró las manos en su pelo y lo bajó hacia ella para darle un prolongado beso con la boca abierta. Durante el juego él le había quitado las braguitas y Caitlyn se abrió a su posesión, animándolo sin palabras a satisfacer el desbocado ardor que había estado creciendo entre ambos.

Entrelazó los dedos con los de ella. Ahí se había iniciado el Infierno y todavía podía sentirlo, uniéndolos tal como él planeaba unir sus cuerpos.

Mientras la penetraba susurró su nombre.

La poseyó con gentileza. Luego no tanta. Ella salió a su encuentro, incandescente en la pasión. La urgencia se intensificó. Lo instó a proseguir. Suplicando. Demandando. Riendo y llorando. Nunca antes había experimentado con una mujer lo que vivía con Caitlyn en ese momento.

Pudo sentir la presión, el final próximo. Quiso retrasarlo. Vivir para siempre en ese momento, hasta que el placer los desgarrara a los dos. Y entonces lo hizo. Caitlyn se cerró en torno a él surcada por el orgasmo de olas salvajes y poderosas. Incapaz de controlarse, se zambulló con ella.

Terminaron en una maraña de extremidades agotadas y en murmullos fragmentados de palabras cariñosas que carecían de sentido pero que, de algún modo, mantenían la conexión emocional. Marco pasó el brazo en torno a su esposa, a esa alma gemela que le había entregado el Infierno, y rodó hasta formar una bola cálida de cuerpos que mezcló lo suave con lo duro en una fusión intemporal de los opuestos.

No recordó el tiempo que durmieron. Durante la noche despertó y volvieron a hacer el amor, en esa ocasión de manera prolongada y lánguida. El juego que jugaron les proporcionó una percepción mayor de los deseos y necesidades del otro a la vez que añadía profundidad y poder al acto amoroso.

La segunda vez que despertó, percibió la llegada de la mañana. Se levantó de la cama, fue hasta la cafetera para encenderla y luego al cuarto de baño, donde abrió el grifo de la bañera. Sacó un bote de sales de baño, le quitó la tapa, lo olió y vertió una buena parte en el agua. Estalló espuma. Satisfecho, sirvió dos tazas de café y las llevó hasta la plataforma que bordeaba la bañera. Después fue a buscar a su esposa.

No tardó en descubrir que no era una persona madrugadora.

–Me sorprende que conozcas esa palabra, y más que la uses para describir a tu marido –comentó con una risa ronca.

–Conozco más juramentos que pienso usar si no me llevas de vuelta a la cama –dijo ella.

–Tengo algo mejor en mente –bajó los tres pequeños escalones que conducían a la bañera empotrada en el suelo y la deslizó en el agua. El grito de sorpresa se convirtió en un gemido de placer. Marco rió entre dientes–. Ah, ésa es la mujer con la que me casé.

–Esto es maravilloso –se apoyó contra el respaldo frente a él y frotó el pie por la extensión de su pierna–. ¿Qué te parece si empezamos cada mañana de esta manera?

–Veré lo que puedo hacer –le entregó una de las tazas–. Me pregunto si podremos desayunar aquí. Hasta ahora, el hotel se ha mostrado muy complaciente.

–Hay un teléfono en la pared junto a la bañera –dijo, bebiendo café–. Mira si puedes alcanzarlo.

–Desde luego –se estiró y los dedos apenas rozaron el auricular. Se incorporó a medias y volvió a probar. A su espalda, oyó que la taza caía con ruido en la bañera.

–Oh, Dios.

Al principio pensó que ella se había quemado y giró con presteza para ayudarla. Y entonces lo supo.

El tiempo se había agotado.

Capítulo Cinco

–¿Quién diablos eres? –demandó Caitlyn.
–Tu marido.
–No me trates como a una tonta. Tú no eres Lazz –contuvo la oleada de histeria que quería escapar de ella. Pero no pudo evitar encorvarse para tratar de esconder la desnudez debajo de la escasa protección que le brindaban las decrecientes burbujas. Aunque no supo por qué se molestaba después de todo lo que habían hecho la noche anterior–. Lazz tiene una cicatriz en la cadera. Se la vi cuando fuimos a nadar. Tú no la tienes.

–No, no la tengo. Y tampoco soy Lazz –se levantó despacio, el agua chorreándole del cuerpo mientras dejaba la bañera y sacaba una toalla–. Eso no cambia el hecho de que soy tu marido.

Se sentía odiosamente expuesta y más que un poco asustada. Se había casado con ese hombre, un completo desconocido, y ni siquiera conocía su nombre. Le había hecho el amor durante toda la noche. Pero no tenía ni idea de quién era, aparte de ser un doble exacto de Lazz.

Intentó aplicar raciocinio a la locura, usar la poca lógica y sentido común que aún quedaban a su disposición.

–Como eres exacto a Lazz, doy por hecho que estáis emparentados. ¿Eres su hermano? –algo encajó en su cerebro–. ¿Su hermano gemelo?

—Sí.

—Lazz jamás lo mencionó —afirmó—. ¿Es la idea que tienes de una broma? ¿Participa él de la farsa que estáis montando o es idea tuya?

—No es una broma ni una farsa. Toma —sacó otra toalla del anaquel de cristal y se la alargó—. Sospecho que te sentirás más cómoda con esta conversación si no estás desnuda.

Luchó por mantener a raya las lágrimas.

—Si ni siquiera puedo creer que la esté teniendo. Quiero saber quién diablos eres y qué clase de juego espantoso has tramado.

Pegando la toalla contra sus pechos, se puso de pie y se envolvió totalmente con esa pieza grande de algodón grueso. Lazz... no, no era Lazz... la tomó por el codo para ayudarla a equilibrarse mientras salía del agua.

—*Cara*...

Se liberó de su mano.

—No te atrevas a llamarme así. Y ahora, ¿quién eres?

—Marco Dante.

—Marco —reconoció el nombre. ¿No había oído a Britt hablar extasiada en las últimas seis semanas acerca del único hermano «encantador» de los Dante? ¿Por qué se le había ocurrido a su amiga descuidar la mención de que Lazz y él eran gemelos?—. ¿Cómo ha sucedido esto? ¿Por qué ha sucedido? ¿Sabe Lazz lo que has hecho?

Sin responder, él desenganchó un albornoz de la parte trasera de la puerta y se lo pasó. Caitlyn se lo puso y se lo ató con fuerza antes de dejar que la toalla cayera a sus pies.

Marco no se molestó en ponerse el otro albornoz y salió del cuarto de baño con la toalla anudada con descuido alrededor de la cintura. Necesitaba que se cubriera ese torso impresionante que ella había llenado de besos. Que ocultara esos brazos asombrosos que la habían sostenido con tierna fortaleza. Debía devolver a ese amante extraordinario al plano de hombre corriente, a pesar del hecho de que no había ni jamás habría nada corriente en él.

Para su alivio, en cuanto llegaron al salón, Marco le ofreció un muy necesitado espacio.

–Primero, no se trata de ningún juego –comenzó–. Y sucedió porque Lazz no me dio ninguna otra opción. Al menos, ninguna para el tiempo limitado del que yo disponía.

Alzó una mano para silenciarlo, deseando haberse tomado el café en vez de dejar que cayera en la bañera. Al ver la cafetera aún medio llena, cruzó la estancia y se sirvió otra taza. Luego una segunda. Cuando estuvo satisfecha de que su cerebro funcionaba al menos con la mitad de sus cilindros, encaró al hombre con el que se había casado apenas unas horas antes.

–Necesito que expliques todo, pero que lo hagas de un modo en que pueda entenderlo. Así que yo te formularé las preguntas y tú las contestarás, de forma sencilla y concisa. ¿Entendido?

–¿Lógica, Caitlyn? –preguntó con un destello de humor.

Ella alzó el mentón en un ángulo combativo.

–Es lo que mejor se me da. O se me daba, hasta hace poco –corrigió.

Luchó por formular una primera pregunta lógica, pero, por algún motivo, no tenía ninguna a su alcance. Sólo podía pensar en que ese hombre la había engañado para entrar en un matrimonio falso con el fin de… ¿qué? ¿Llevarla a la cama? Eso no tenía ni un ápice de lógica. No necesitaba pasar por ese simulacro con el fin de conseguirlo. ¿Atacar a Lazz? Posiblemente. Pero, ¿por qué?

Se frotó la tensión creciente en las sienes.

—De acuerdo, primera pregunta. ¿Hay un comienzo racional para todo esto? ¿Un punto por el que podamos empezar?

—¿Te gustaría disponer de un punto A?

El patetismo de la pregunta la atravesó y casi no pudo contestar.

—Sí. El Punto A sería un lugar excelente por el que comenzar.

—Es fácil —la estudió con sus ojos castaños—. Tú y yo nos conocimos la mañana que empezaste en Dantes. En el vestíbulo, cerca de la recepción.

Parpadeó sorprendida.

—¿Eras tú?

—Sí —respondió—. Yo no me di cuenta en aquel momento, pero al parecer tú pensaste que era Lazz.

—El recepcionista —explicó Caitlyn—. Él me dijo que eras Lazz. Y como el jefe de personal ya me había hablado de tu hermano durante la entrevista, di por hecho…

—Un error natural.

Ella inclinó la cabeza.

—No hay motivo para que hubiera pensado que erais dos, en especial porque nadie me mencionó la existencia de gemelos. Quizá creyeron que ya lo sabía.

—De haberme percatado de ello, habría corregido

en el acto el malentendido y así nos habría ahorrado...
–movió una mano en el aire– todo esto.

No podía estar más equivocado. Caitlyn había escuchado historias sobre Marco como para tener la certeza de que jamás habría aceptado nada de un hombre cortado con el patrón de su propio abuelo.

–Para dejar las cosas claras, nunca me relacionaría con un hombre como tú.

–Pero estamos relacionados, *cara*. Más que eso, diría yo –la contradijo con delicadeza, sin darle tiempo para replicarle–. Creo que conozco la siguiente parte de la historia. Lazz no se molestó en aclararte la confusión del vestíbulo. Y a mí me enviaron fuera del país en una urgencia repentina. Una urgencia muy conveniente.

Caitlyn captó la tensión subyacente cada vez que mencionaba a su hermano. Algo había pasado y, de algún modo, ella estaba en el centro. Ya encontraría el modo de cambiar eso.

–¿Crees que Lazz es el responsable de apartarte de la escena? ¿Por qué? –leyó la contestación en sus ojos y movió la cabeza con incredulidad–. ¿Por mí? Debe de ser una broma.

Marco se apoyó en el umbral que separaba el dormitorio del salón y cruzó los brazos.

–Te deseaba –expuso con indiferencia–. No comprendió que ya estabas tomada.

–¡Tomada! –estalló–. Deja que te aclare una cosa, señor Dante. A pesar de las pruebas actuales hacia lo contrario, no soy un objeto sin cerebro que se puede elegir o descartar, o lo que es peor, por el que dos colegiales puedan pelearse. Realizo mis propias elecciones. Siempre lo he hecho y siempre lo haré.

—Me alivia oír eso, ya que significa que no cederás a las demandas que plantee Lazz cuando se entere de nuestro matrimonio. No permitiré que se interponga entre nosotros.

Respiró hondo y sintió que la conmoción la hacía palidecer.

—Santo cielo. ¿Estás diciendo que los acontecimientos de las últimas veinticuatro horas son tu manera de desquitarte de tu hermano? —elevó la voz a pesar de los intentos por controlarla—. ¿Te burlas de mí? ¿Sólo porque él empezó a salir con alguien que habías elegido para ti? ¿Me has hecho esto con el único motivo de atacar a Lazz?

Él se irguió.

—Elegiste a Lazz porque desconocías que éramos nosotros quienes habíamos conectado aquella mañana en el vestíbulo. Quienes habíamos establecido un vínculo.

—¡Nos estrechamos las manos, Marco! Eso fue todo.

—Y experimentamos el Infierno.

Lo miró desconcertada.

—Sé que voy a lamentar esta pregunta, pero ¿qué es el Infierno? —Marco se tomó su tiempo para explicárselo con todo detalle y ella descubrió que lo escuchaba con atención. Se bebió lo último que le quedaba del café y rezó para que el líquido caliente la ayudara a encontrarle una lógica a algo que debía de ser una completa tontería—. ¿Y tú de verdad crees en esa superstición, fantasía o como quieras llamarla?

—No se trata de ninguna superstición o fantasía. Todos los Dante creen en ello. Bueno, excepto Lazz —reflexionó un instante—. Y posiblemente Nicolo. A mis primos todavía no les ha pasado. Pero ésa no es la cuestión, maldita sea. Es real. Nos sucedió a nosotros. Y en poco tiempo tú también creerás en lo real que es.

Lo miró furiosa. No quería aceptar ni una sola palabra, a pesar de que ayudaba a explicar cómo había terminado ahí, casada con un completo desconocido. Por alguna razón peculiar, aparte del Infierno, había decidido buscar al Zorro y se había metido en todo ese lío por un poco de estímulo. Ésa era la causa por la que lo estable y lo predecible siempre ganaban la carrera. Sin embargo...

Movió la cabeza.

–No te creo. No es que importe, porque después de hoy no pienso volver a verte jamás.

Él sonrió.

–¿Y por qué querrías hacer eso? Estamos casados. ¿Lo de anoche significó tan poco para ti?

Para su bochorno, las lágrimas que había logrado mantener a raya escaparon de su control.

–Lo significó todo para mí. O así habría sido si no me hubieras mentido. Has llevado a cabo un fraude. Sabías muy bien que, si te hubieras presentado como Marco, no habría tenido nada que ver contigo. De modo que te hiciste pasar por Lazz con el fin de engañarme y lograr que aceptara casarme contigo. Para llevarme a la cama con un pretexto falso. Te garantizo que un buen abogado anulará nuestro matrimonio en un abrir y cerrar de ojos –Marco se acercó, despertando sentimientos que no tenían cabida en ella.

–Ayer tus amigas te advirtieron de que Lazz pretendía declararse en la fiesta de aniversario de Primo y Nonna. Dime, Caitlyn, ¿qué respuesta le habrías dado si lo hubiera hecho?

—No veo qué tiene que ver eso con...

—Lo habrías rechazado, ¿no? Como mínimo, le habrías pedido que te diera tiempo. Tú misma me lo dijiste anoche.

—De acuerdo —concedió—. Es lo que habría hecho. ¿Y?

—¿Por qué cambiaste de parecer? ¿Por qué aceptaste casarte conmigo?

—Locura temporal combinada con demasiado champán.

—Ah, *cara* —murmuró antes de reír—. A mí no puedes mentirme. Lo de anoche no tuvo nada que ver con un exceso de champán y lo sabes. Te marchaste de la fiesta conmigo, te casaste conmigo y me hiciste el amor porque en un plano visceral reconociste que soy el hombre de tu vida. Y pensabas rechazar a Lazz por la misma razón. Porque percibías la conexión existente entre nosotros y que con él te faltaba.

—¿Por qué, sencillamente, no me explicaste la confusión? —casi fue una súplica—. ¿Por qué recurriste a un subterfugio?

—Me quedé sin tiempo —explicó—. Lazz planeaba pedirte en matrimonio, y aunque tú te hubieras negado, también habrías rechazado cualquier proposición mía. ¿No lo entiendes? Él no te ama, cariño.

—¿Y tú sí?

—No voy a contestar a eso porque no creerás nada de lo que diga en ese punto. Sólo el tiempo te convencerá de si estamos destinados el uno para el otro. Lazz ha decidido que los dos tenéis suficientes cosas en común como para convertir el matrimonio en una elección lógica, pero eso no es una base razonable para sellar una unión.

–Es mucho más razonable que tu manera de encararlo –replicó–. Hasta anoche, habíamos estado juntos un total de cinco minutos. Y ahora nos has atrapado en este matrimonio falso.

–No es falso –corrigió con calma–. En la licencia aparece mi nombre legal. Y el sacerdote lo usó durante la ceremonia.

Lo miró consternada.

–¿Sí?

Él titubeó.

–Puede que te distrajera en ese momento. Es posible que no prestaras mucha atención.

–Oh, Marco –sospechó que la satisfacción que vio en sus ojos se debía al uso de su nombre–. Esto no va a funcionar. Lo comprendes, ¿no?

–Tienes razón.

Abrió la boca para argüirlo, pero volvió a cerrarla al asimilar el comentario.

–¿La tengo?

–No va a funcionar si no estás dispuesta a correr el riesgo.

La abrazó. Ella tembló ante el contacto familiar y la fragancia a las sales de baño que aún perfumaba ese torso desnudo. Lo que más deseaba era cerrar los ojos y regresar a las horas mágicas que habían compartido la noche anterior. Tumbarse en la cama con ese hombre y dormir, segura en la certeza de que todo estaba bien en su mundo.

Pero no era así. Ya no.

–No puedo seguir casada contigo. No te conozco.

–Sí que me conoces –apoyó una mano en su corazón–. Aquí me conoces mejor que nadie. ¿O piensas que eso no es suficiente? ¿Que lo que compartimos anoche no va a durar?

–No puede durar. Somos extraños, Marco.

–Somos amantes, Caitlyn. Y con el tiempo también llegaremos a ser amigos y compañeros. Descubriremos nuestros secretos. A veces nos pelearemos y nos adaptaremos para incorporar al otro. Hablaremos y reiremos. Y todo el tiempo, este vínculo que compartimos, este Infierno, no dejará de unirnos hasta que lleguemos a pensar y sentir como una sola persona. Lo único que tienes que hacer es darle una oportunidad a nuestro matrimonio.

–Me pides que construya una vida contigo basada en cuentos de hadas y buenos deseos. Aquí no hay cimientos –manifestó con desesperación–. El sexo no es suficiente.

–Crearemos juntos esos cimientos.

–¿Y Lazz?

Él experimentó un cambio. Momentos antes había sido el gran seductor, pero en ese instante los músculos se le tensaron y la voz le salió acerada.

–Yo me ocuparé de Lazz.

–No ha hecho nada malo –aseveró–. Se sentía atraído por mí, igual que tú.

–No –moderó un poco el tono de su voz–. No lo defiendas ante mí. Lo que hizo fue algo cuidadosamente calculado. Sabía que yo te deseaba y adrede intervino para mantenernos separados.

–No puedo creer que fuera deliberado, Marco.

–No lo discutiré contigo, Caitlyn. Sólo quiero tu promesa de que, a partir de ahora, mantendrás la distancia con él.

–¿Porque ahora soy tuya? –su silencio lo dijo todo; se liberó de su abrazo–. ¿Comprendes que eso va a ser difícil, ya que tanto Lazz como yo trabajamos en el departamento financiero? Nuestros caminos se cruzan de forma habitual.

–Yo me ocuparé de eso.

No le sonó nada bien.

–Tú te ocuparás de eso... ¿cómo?

Lo vio mover la cabeza.

–Es mi hermano, Caitlyn. Mi hermano gemelo. A partir de ahora él es mi problema.

Si fuera inteligente, acabaría ya mismo con la situación. Se alejaría... huiría... en la dirección opuesta. Pero se entrometieron los recuerdos de las horas pasadas juntos. De la boda perfecta y de una noche como jamás había vivido. A pesar de lo mucho que la lógica la instaba a actuar, el deseo irracional la empujaba hacia Marco.

Como si percibiera su debilidad, él le tomó la mano y tiró con gentileza de ella.

–Bésame, Caitlyn. Sólo una vez. Bésame a mí, a Marco, no a mi hermano.

Le estaba pidiendo lo que en realidad era un primer beso. El dolor y el enfado lucharon con un deseo que no fue capaz de suprimir. La conexión a la que él había aludido, y que a ella le gustaría negar, seguía uniéndolos. Eso no significaba que creyera en esa necedad supersticiosa del Infierno. Lo único que hacía era concederle un nombre a las emociones incontrolables que había experimentado en el vestíbulo de Dantes. Era lujuria, no amor, sin importar lo bonito y reluciente que fuera el lazo.

Lo miró, decidida a darse la vuelta. Pero casi fue

como si su cuerpo se hubiera divorciado de su cerebro. En silencio, le rodeó el cuello con los brazos. Despacio, le bajó la cabeza y le dio el beso que le había pedido.

Había planeado algo rápido y sin ninguna pasión. Con el fin de demostrarle que, fuera lo que fuera lo que existiera entre ellos, había muerto por su engaño. Pero se encontró con un pequeño problema: en cuanto las bocas se tocaron, perdió el control.

La desgarró un deseo poderoso y ardiente mientras por su mente remolineaban imágenes. Una voz llena de pasión pidiéndole que confiara en él. Una risa suave y compartida. Un sacerdote bendiciendo la unión. La ternura con que la tocaba. La diversión que había incorporado en el breve tiempo que llevaban juntos. El júbilo. El romance.

La pasión.

Apartó la cabeza y la apoyó en su hombro, conteniendo las lágrimas.

—No puedo. No puedo hacer esto.

Antes de que Marco pudiera decir algo, sonó su teléfono móvil. La soltó y buscó en sus pantalones. Lo extrajo, abrió la tapa y escuchó unos segundos.

—Lo siento, Sev —hizo una mueca—. Olvidé por completo que había prometido reunirme con los Romano. Tardaré un par de horas en llegar —se pasó una mano por el pelo—. No importa dónde estoy. ¿Puedes decirle a Lazz…? Olvídalo. Se lo diré yo mismo. Explicaré todo cuando llegue —terminó la llamada y volvió a guardar el aparato—. Tenemos que volver a San Francisco.

—¿Y después?

Las facciones de Marco mostraron determinación.

—Eres mi esposa, Caitlyn. Eso no ha cambiado. Como no podemos dar marcha atrás, a partir de aquí sólo hay un camino —expuso—. Y es hacia delante.

Hizo falta todo el trayecto de regreso para que Marco la convenciera de darle una oportunidad al matrimonio en vez de ponerle fin de forma precipitada. Y requirió todo el recorrido desde el aeropuerto hasta la ciudad conseguir su promesa de no revelarle nada a Lazz hasta después de la reunión que él debía mantener con los Romano.

Caitlyn arguyó con vehemencia que debería ser ella quien le transmitiera la noticia a Lazz. Que el cielo lo protegiera de una esposa lógica. Aunque Marco no se lo manifestó, ya que no era tan idiota, no tenía ninguna intención de dejar que se acercara a su hermano sin estar pegado a ella.

Dedicaron un tiempo precioso a ir a sus respectivos apartamentos para cambiarse antes de ir juntos a Dantes.

—Si te quedas en mi despacho durante mi reunión con los Romano, te lo agradecería —comentó mientras conducía.

—No pasa nada. Iré a mi oficina y...

Marco suspiró frustrado.

—No ha sido una petición, *cara*, a pesar de cómo haya podido sonar.

Ella se puso rígida.

—Por favor, dime que es una broma.

—Me temo que no. En cuanto anunciemos nuestro matrimonio a la familia, tendrás libertad para volver al trabajo. Hasta entonces, será mejor ser discretos.

–Comprendo –mintió–. ¿Y qué se me permite hacer durante tu reunión? ¿Es aceptable que junte las manos y mueva los dedos pulgares?

–Perfectamente aceptable. Aunque, si lo prefieres, puedes llamar a tu secretaria y pedirle que te lleve tus mensajes o carpetas de trabajo –incapaz de aguantarse, se inclinó y le dio un beso sonoro. Lo alivió mucho ver que ella le correspondía–. Sólo adviértele de que no alerte a nadie de tu presencia.

–Te refieres a Lazz.

–Exacto.

Fueron por la entrada posterior para no llamar la atención. Llegaron a su despacho momentos antes que los Romano y, después de separarse con desgana de su esposa, escoltó a Vittorio y a la hija de éste, Ariana, a la sala de reuniones.

El encuentro no fue tan bien como había esperado. Un nuevo artículo había aparecido esa misma mañana en *The Snitch* en el que se detallaba el modo en que Sev había chantajeado a su esposa para obligarla a casarse con él. No era del todo exacto, pero sí muy condenatorio.

–¿Qué quieres que haga, Vittorio? –preguntó al final Marco–. No puedo evitar que publiquen esas historias. Nadie puede. Mira lo que pasa con las familias reales en Europa. No dejan de aparecer artículos groseros en la prensa rosa sobre sus vidas. Si la realeza es incapaz de frenarlo, ¿cómo voy a poder conseguirlo yo?

–Ahí tiene razón, papá –lo apoyó Ariana.

Vittorio cruzó los brazos y su cara se mostró obstinada.

–Lo único que oigo son excusas. Quizá si tus hermanos y tú fuerais más circunspectos, vuestras payasadas no atraerían la atención de este pasquín.

Antes de que Marco pudiera responder, oyó la voz iracunda de Lazz desde la dirección de su despacho. Luego, un portazo antes de que su hermano irrumpiera en la sala, con Caitlyn pisándole los talones.

–¡Maldito hijo de perra! –bramó, lanzándose sobre Marco.

Capítulo Seis

Marco absorbió el impacto y cayeron al suelo con un ruido sordo. Lazz le dio varios golpes duros antes de darse cuenta de que su hermano, al tiempo que se protegía, no se los devolvía.

–¡Pelea, canalla! –gritó–. ¡Dame una excusa para destrozarte por robarme lo que era mío!

Antes de que Marco pudiera contestar, Sev y Nicolo aparecieron en la sala de reuniones y los separaron. Estalló un murmullo de voces, algunas en inglés, más en italiano. A través de la masa de cuerpos, Marco vio a Caitlyn de pie a un lado con expresión horrorizada. Pero mostraba la determinación de enfrentarse a las consecuencias de sus actos, igual que iba a hacer él.

–¿La has tocado? –demandó Lazz–. ¿Le has puesto las manos encima?

–Teniendo en cuenta las circunstancias, fue inevitable –Marco tanteó el labio partido e hizo una mueca–. Caitlyn y yo nos hemos casado.

Un silencio incrédulo dominó a todos durante unos segundos antes de que volviera a desatarse el caos. Vittorio Romano se puso de pie. Ariana comenzó una discusión acalorada con él, pero Marco vio que no serviría para nada. Ya podía despedirse de esa cuenta. Sin embargo, algo que dijo Ariana debió de surtir efecto, porque Vittorio titubeó y luego, con gran renuencia, apuntó en la dirección de Lazz.

Y entonces sucedió algo muy extraño. Ariana miró a Lazz, quien seguía centrado en su hermano, esbozó una sonrisa peculiar y asintió.

—Sí, es él.

Eso fue lo que oyó Marco en una breve quietud en los gritos.

Vittorio se abrió paso entre los hermanos que discutían y se acercó a él.

—Arregla esto —advirtió—. Luego, llámame.

Marco no tenía idea de lo que acababa de pasar, pero aceptaría la ayuda que los dioses quisieran ofrecerle.

—Tienes mi palabra. Con el tiempo, esto se arreglará solo.

—Que sea pronto —aconsejó Vittorio.

En cuanto los Romano se marcharon, Lazz giró hacia Caitlyn y Marco captó la decisión en los ojos de su hermano. Se incorporó de un salto para interponerse entre los dos. Sev y Nicolo se movieron con la intención de bloquearle el paso, sujetándolo.

—Es lo mínimo que le debes —gruñó Nicolo.

—No le debo nada. No sabes lo que hizo —incapaz de liberarse, Marco juró con violencia—. Te lo advierto, Lazz —bramó en italiano—. No te acerques a mi esposa.

Lazz le lanzó una mirada burlona por encima del hombro y fue al lado de Caitlyn. Marco comenzó a debatirse con fuerza, sospechando lo que iba a suceder.

—Lo siento —oyó que decía Caitlyn—. Te juro que lo que pasó no estaba planeado.

—No por ti —convino Lazz—. Por curiosidad, ¿con quién te casaste anoche?

Ella frunció el ceño confusa.

–Con Marco.

–¿Con Marco… o con Marco haciéndose pasar por mí?

De pronto ella lo entendió y las lágrimas que brillaron en sus ojos desgarraron a Marco.

–¿Importa? –inquirió despacio–. Está hecho.

Él vaciló un momento antes de asentir.

–Es justo. Pero me gustaría saberlo. ¿Cuándo supiste que se trataba de Marco y no de mí?

Éste se quedó quieto cuando sus ojos se encontraron con los de Caitlyn. El ímpetu de la lucha lo abandonó mientras esperaba que les contara lo que había hecho. Sus mentiras y su engaño. Que algo frágil y único muriera antes siquiera de tener la oportunidad de ganar fuerza y poder. Lo había estropeado. Había roto algo de valor incalculable al tiempo que ponía en peligro los vínculos de la familia. Y no sabía si podría arreglarlo.

–Supe que era Marco en cuanto lo vi. De inmediato me di cuenta de que era a quien había conocido en el vestíbulo el primer día que vine a Dantes –miró a Lazz con expresión serena y resuelta–. ¿Por qué no me lo explicaste aquel mismo día? ¿Por qué fingiste que eras tú a quien había conocido?

–Yo…

Rió con exasperación, pero Marco pudo captar el dolor que había detrás.

–Lo sé. Lo sé. Los dos habéis estado compitiendo por las mujeres desde pequeños.

–Lo siento –dijo Lazz con rigidez–. Estuvo mal. Debería habértelo contado.

La voz de ella fue implacable.

–Tuviste seis semanas para corregir el error. El hecho de que no pudieras encontrar una ocasión apropiada en todo ese tiempo sólo puede significar que callaste adrede con el fin de mantenerme en la ignorancia. También te encargaste de que no descubriera que tenías un gemelo porque te preocupaba que pudiera cuestionar quién me había atraído realmente aquel día –agitó la mano para desterrar el tema, como si ya careciera de importancia–. Olvídalo. Marco y yo lo hemos arreglado entre nosotros. Todo lo demás es agua pasada.

Lazz frunció el ceño.

–Caitlyn, guardé silencio porque no confiaba en que Marco respetara nuestra relación.

–No teníamos una relación aquel primer día –expuso con lógica devastadora–. Viste la oportunidad de apartar a tu hermano del cuadro y has dedicado semanas a mantenernos separados para que no pudiéramos conocernos. Pues lo siento. El juego se acabó y tú pierdes.

–Tienes todos los motivos para estar molesta –vaciló–. Pero Marco bromea con eso de que os habéis casado, ¿verdad?

Ella negó con un movimiento de la cabeza y esbozó una sonrisa resplandeciente que logró engañar a Lazz, pero no a Marco. Extendió la mano izquierda donde centelleaba el anillo nupcial.

–No bromeaba.

Lazz miró la mano atónito.

–Dios mío, Caitlyn.

–No –lo cortó ella–. Cuando está bien, está bien. Por eso estaba tan confusa mientras salíamos. Algo pasó durante aquel primer encuentro con Marco, algo que no sucedió en todos los encuentros que tuvimos tú y yo desde entonces. En cuanto conocí a Marco, todo se aclaró. El hecho de que tú no entiendas lo que mi... mi marido y yo sentimos el uno por el otro no significa que no exista.

Marco notó que estaba a punto de desmoronarse. En ese momento, cuando luchó para soltarse de sus hermanos, éstos lo soltaron. Fue al lado de Caitlyn y le pasó un brazo por los hombros.

–Aguanta un momento más –murmuró sólo para sus oídos. Luego habló más alto–: Caitlyn ha contestado todas las preguntas que piensa responder. Los dos estaremos fuera el resto del día. No llaméis a menos que se trate de algo urgente. Y para que lo tengáis claro, no hay nada urgente en las próximas veinticuatro horas.

Sin decir otra palabra, Lazz retrocedió. Sev asintió.

–Felicidades por vuestro matrimonio. Tomaos el resto de la semana, si queréis. Nos aseguraremos de que vuestros puestos queden cubiertos.

–Gracias –respondió Marco en nombre de los dos–. Lo tendremos en consideración –no perdió ni un minuto más en escoltar a su mujer fuera del edificio y hasta su coche antes de que ella cediera–. Iremos a mi casa –le indicó.

Ella movió la cabeza.

–Sólo quiero ir a casa.

–Mi casa es tu casa –le recordó con gentileza–. Vivir separados ahora facilitará demasiado que sigamos separados. No es la idea que tengo yo de un matrimonio.

–Tampoco lo es esto –susurró ella.

La miró con preocupación.

—Dale tiempo. Mejorará, te lo prometo.

Caitlyn cerró los ojos y apoyó la cabeza sobre el respaldo del asiento.

—Haces muchas promesas, señor Dante.

—Y cumplo todas y cada una de ellas –se detuvieron ante un semáforo–. ¿Por qué lo hiciste, Caitlyn?

No fingió malinterpretar la pregunta.

—Tampoco Lazz era inocente en todo esto. De hecho, una gran parte de nuestra situación se le puede atribuir directamente a él. Si me hubiera contado que fue a ti a quien conocí aquel día o me hubiera advertido de que tenía un hermano gemelo, lo de anoche no habría ocurrido.

Marco se encogió de hombros.

—Sólo habría demorado lo inevitable.

Ella abrió los ojos.

—Jamás habría aceptado salir contigo.

—Te equivocas.

Reflexionó un momento antes de concederle la verdad.

—De acuerdo. Habría salido contigo. Pero en cuanto hubiera descubierto que eras inmoralmente seductor, habría puesto fin a nuestra relación. No salgo con seductores.

—Te has casado con uno –le recordó–. Además, cuando hubieras descubierto lo seductor que era, ya habría sido demasiado tarde –puso el coche en marcha–. Te habría conquistado, tal como hice anoche.

Al llegar al piso, se lo mostró.

—Si quieres, podemos buscar otro lugar para vivir, aunque éste debería ser suficientemente grande para los dos. Tú decides.

—Como mínimo, es cuatro veces el tamaño de mi

casa –comentó impresionada. Se detuvo para estudiar la colección de fotos que había en una pared, casi todas de la familia. Se centró en la foto nupcial de Nonna y Primo–. Nunca llegué a conocer a tus abuelos.

–Lo harás. ¿Sabías que ellos también se fugaron? –ante su negativa, añadió–: Nonna estaba prometida con el mejor amigo de Primo. En cuanto los golpeó el Infierno, se acabó. Tampoco ellos pudieron dar marcha atrás.

Caitlyn se quedó quieta.

–¿Es el único motivo por el que te has casado conmigo? ¿Por ese Infierno que has creído sentir?

–Los dos lo sentimos, *cara*.

¿Hablaba en serio? Se volvió y lo miró directamente a los ojos.

–A ver si lo he entendido. El motivo por el que estamos juntos se debe al Infierno. ¿No tiene nada que ver conmigo, con quién soy o con la clase de persona que soy? Sentiste esa reacción y ya está. Fin de la historia. Te casaste conmigo basándote en una leyenda familiar.

–Es algo más profundo.

–Te equivocas, Marco. No hay nada más. Nada más profundo. Sentimos algo la primera vez que nos estrechamos las manos y tú diste por hecho que se trataba de esa leyenda de los Dante que cobraba vida. Y por ello, interferiste en mi relación con Lazz. Me engañaste para ir contigo a Nevada –luchó con éxito limitado para que el dolor no se reflejara en su voz–. Te casaste conmigo, a pesar de que sabías que yo creía que eras tu hermano. Y todo por una fantasía. Por una superstición familiar.

–No es una superstición. Es un hecho.

Su furia se manifestó.

—Yo me rijo por hechos y números, Marco. El Infierno dista mucho de ser un hecho. Puede que tú creas que lo es. Hasta Sev puede darle cierto crédito, aunque me supera que un hombre tan inteligente lo haga. No obstante, eso no lo convierte en real. No hace que sea verdad. Y, desde luego, no es cimiento suficiente para un matrimonio.

—Con el tiempo, lo comprenderás.

—No, no será así, porque nuestro matrimonio no durará tanto.

Marco se acercó y con fluidez le rodeó la cintura con los brazos.

—Veamos si puedo convencerte de que cambies de parecer al respecto.

—¿Qué vas a hacer?

No supo por qué se había molestado en preguntarlo. Sabía precisamente lo que planeaba. Estaba en su mirada encendida y en su sonrisa lenta; en la manera tierna en que la abrazaba. Se movió contra ella de un modo que al instante la hizo recordar la noche de bodas, luego bajó la cabeza para besarla.

Para su sorpresa, Marco mantuvo el beso lo más gentil posible y no le exigió nada. No insistió. Sencillamente, la sedujo con labios, dientes y lengua.

Se preguntó cómo era posible que se entregara con tanta facilidad después de lo que él había hecho en las últimas veinticuatro horas. ¿Estaba tan desesperada por volver a la cama que no importaba nada más? ¿Dónde estaba la lógica de esa actitud? ¿Cómo reconciliar corazón y cabeza cuando cada vez que Marco la besaba el corazón se le desbocaba y la cabeza perdía toda capacidad de raciocinio?

—Danos una oportunidad, Caitlyn. Podemos lograr que funcione.

—Eso no es posible.

—Yo haré que lo sea.

La alzó en brazos y con el hombro empujó la puerta del dormitorio. Ella atisbó brevemente unos colores brillantes y madera barnizada antes de caer en el abrazo suntuoso de la seda y el terciopelo y sentir toda la dura masculinidad de Marco.

—Esto está mal —apoyó las manos en sus hombros con el fin de empujarlo, pero vio que se aferraba a él—. No quiero que me vuelvas a hacer el amor.

—Esto incluso es más idóneo que lo de anoche —afirmó con urgencia en la mirada—. Cuando esta vez me hagas el amor, no será únicamente con tu marido. Me harás el amor sabiendo que soy Marco, no Lazz.

—Para que puedas marcarme.

Él esbozó una sonrisa fugaz a través de la pasión.

—Eso pasó hace mucho tiempo.

—No puedes creer de verdad en ese Infierno —arguyó desesperada—. No puedes creer que es el responsable de nuestra atracción.

Le acarició la mejilla y la garganta.

—Me he sentido atraído por muchas mujeres —expuso—. Pero jamás se ha parecido a lo nuestro. Puedo mirarte con objetividad y ver a una mujer hermosa, a la que querría en mi vida y en mi cama.

Ella se puso rígida.

—Y has tenido éxito.

—Deja que termine. De esas mujeres jamás quise algo más que una aventura casual. Nunca me sentí tentado a alargar nuestras relaciones más allá de sus límites temporales. Pero contigo… –le tomó la mano y se la llevó al pecho, contra su corazón–. Contigo es como si esas mujeres hubieran sido simples sombras de una posibilidad. Tonalidades de gris sin color o sustancia. No quiero sombras. Quiero luz y color. Quiero una mujer profunda. Y ésa eres tú.

–Es demasiado pronto. Necesitamos tiempo para conocernos.

Él rió.

–Disponemos de todo el tiempo del mundo, *cara*. Décadas para llegar a conocer cada detalle íntimo.

–No me refería a eso…

–Lo sé. No es algo que te pueda ofrecer.

Tan compasivo y al mismo tiempo tan rotundo. No le dio tiempo para proseguir con la discusión. La besó con pereza y la despreocupación del gesto le habría permitido apartarse. Pero lo que hizo fue incitar en ella el deseo de profundizarlo, de convertirlo en ardiente. De sentir ese fuego que sólo cobraba vida con Marco.

Susurró su nombre y casi lo sintió inhalar el sonido, su necesidad como propia. Y en vez de exhibir una cierta victoria, sencillamente permitió que ella estableciera el ritmo.

–Si te pido que pares, ¿lo harás? –preguntó.

–Sí. Con desgana, pero sí.

Necesitaba continuar. Ya.

–No pares. Todavía no. Pronto… –gimió mientras los botones de su blusa cedían uno a uno y el dedo de Marco la acariciaba desde el hueco de la garganta hasta el borde del sujetador–. ¡Marco!

Entonces su boca siguió el mismo sendero y con la lengua trazó el contorno de encaje al tiempo que con dedos hábiles se lo quitaba. El aire fresco le recorrió la piel antes de que él se la encendiera con un simple contacto. Le coronó los pechos y lamió cada punta hasta convertirla en una cumbre dura, mordisqueándolas y haciendo que Caitlyn apenas pudiera contener la reacción al placer.

Las manos de ella se movieron por voluntad propia y tiró de su camisa. Oyó el algodón al desgarrarse y al final tocó su piel desnuda y también encendida. La satisfacción la recorrió como sirope templado mientras con la yema de los dedos reconocía los músculos duros. Él gimió en señal de que no parara.

Caitlyn quería más. Lo necesitaba. Descendió por los abdominales marcados hasta el cinturón que le sujetaba los pantalones a la cintura. Dos tirones certeros lo abrieron y sus manos continuaron el descenso, sosteniéndolo y acariciándolo. Él soltó una retahíla de palabras italianas que sonó a demanda, maldición y súplica.

–Bragas –logró balbucir ella, rezando para que la entendiera–. Fuera.

La seda al romperse compitió con la respiración jadeante. Y luego surgió la pausa, ese momento prolongado de dulce vacilación antes de que la tentación se transformara en inevitabilidad. Miró a Marco, deseando no ver reflejado a Lazz en la cara y en los ojos de su marido, deseando que con una caricia o una palabra pudiera reconocer la diferencia entre ambos. Pero no estaba segura de ser capaz. No a menos que cada vez que se vieran le pidiera que le mostrara la cadera.

–No soy él –espetó Marco.

–Sé que no lo eres –intentó apaciguarlo.

–No, aún no lo sabes. Pero lo harás –llevó las manos atrás y sacó un preservativo del cajón de la mesilla. En el instante en que se lo enfundó, la estudió–. Quizá esto ayude.

Le subió la falda por los muslos, desnudándola hasta la cintura. Caitlyn jamás había sido tomada de esa manera, arrojada sobre una cama y enloquecida por un deseo que la sobrepasaba. Tembló cuando Marco apoyó las palmas de las manos en la parte posterior de sus piernas con el fin de alzarla y abrirla para la posesión. Cuando la penetró con una única y poderosa embestida, sintió que el calor la fundía. Creyó gritar, pero si lo hizo, él capturó el sonido con un beso desesperado.

Cerró las piernas en torno a sus caderas y fue al encuentro del siguiente embate poseída por una necesidad abrumadora. Nada importaba salvo tener a ese hombre dentro de ella. El pasado ya no contaba más que el futuro. Lo único que le importaba era ese momento y ese lugar.

Lo incitó a ir más lejos y más fuerte que nunca. Fue su turno de suplicar. De exigir. De rezar para sobrevivir al encuentro con el fin de poder repetirlo una y otra vez.

El orgasmo golpeó con una precipitación inesperada. Sin orden. Sin lógica ni razón. Únicamente pudo aguantar y entregarse en una rendición completa a algo que se encontraba más allá de su capacidad de control. Transcurrieron unos minutos mientras luchaban por recobrar el aliento.

–*Cara*, por favor. No llores.

–¿Estoy llorando? –se llevó una mano laxa a la mejilla–. Ni me di cuenta.

–¿Te ha parecido mal?

Eso era lo que más la asustaba. Que le había parecido demasiado bien.

–Es que... –con un suspiro de impaciencia, cedió al deseo de apartarle de los ojos el cabello húmedo–. Tiene que ser más que esto. Algo más que buen sexo.

Marco enarcó una ceja.

–¿Es así como describes lo que acaba de pasar... lo que pasó anoche entre nosotros?

Se negó a considerar que pudiera ser otra cosa. Así le estaría dando demasiada importancia.

–Una relación es algo más que un sexo estupendo –arguyó obstinada–. Un matrimonio tiene mucho más.

–De modo que ahora es un sexo estupendo –comentó él–. Al menos hemos mejorado.

Ella lo golpeó en el hombro.

–¿Quieres ponerte serio? Al menos con Lazz... –calló al ver la expresión de él.

–No –dijo Marco en voz baja–, no metas a mi hermano en la cama con nosotros. Nunca.

–Es que...

–¿No soy claro en este punto?

–Perfecto. Eres claro –lo empujó por los hombros–. Me gustaría levantarme, por favor.

Él rodó a un lado, permitiéndole escapar. La irritó que permaneciera tan cómodo con su desnudez parcial, cuando ella necesitaba desesperadamente taparse mientras hablaban. Tiró de la falda arrugada. Luego se encargó de los botones de la blusa y comprendió que no tenía ninguna esperanza de abrocharse el sujetador a menos que primero se quitara la blusa. Dándole la espalda, fue lo que hizo. De la cama le llegó un sonido muy parecido a una risa contenida, aunque al volverse vio que la observaba con una expresión tan seria que cuestionaba los límites de la credibilidad.

Decidió darle el beneficio de la duda.

—Soy una persona lógica, Marco —dijo al fin—. Y aunque disfruto del sexo tanto como cualquiera...

—De un sexo estupendo —le recordó.

—Perfecto. Un sexo estupendo —tardó un segundo en recobrar el hilo de sus pensamientos—. El matrimonio es más que sexo.

—Cierto —la sorprendió al darle la razón—. Aclarado eso, podemos dedicar los siguientes cincuenta años a trabajar en lo demás —enarcó una ceja—. ¿Alivia eso tus preocupaciones, *moglie mia*?

Ella plantó las manos en las caderas.

—¿Por qué empleas tanto italiano? Lazz nunca... —calló y se frotó los ojos con gesto cansado—. Lo siento. Quería decir que usas demasiadas palabras italianas que yo no entiendo. ¿Qué significa *mog...* lo que sea?

Marco abandonó la cama.

—*Moglie* significa esposa —después de quitarse los restos de la camisa desgarrada, desapareció en el cuarto de baño contiguo. Al volver, se detuvo delante de ella y le dio un beso fugaz en la frente—. Gracias por intentarlo.

—¿Hacia dónde se supone que vamos a ir desde aquí? —preguntó ella.

—Yo estaba pensando que la cocina podía ser una buena dirección.

Lo miró con incredulidad.

–¿Quieres que cocine para ti? –que el cielo la ayudara, pero a Marco le gustaba reír.

–En realidad, había pensado en cocinar yo para ti.

Después de ponerse una camisa, la llevó a la cocina y la sentó a una mesa pequeña situada junto a una ventana saladiza. Abrió un cajón, sacó un mandil y, mientras se lo ataba a la cintura con familiaridad, Caitlyn comprendió que manejaba los diversos utensilios con una soltura que sólo daba la práctica. Primero llegó el café. Luego se dedicó a cocinar... de verdad. En menos de treinta minutos depositó sobre la mesa dos platos humeantes de fetuchini con gambas. Se quitó el mandil y se unió a ella.

–Si esto es para impresionarme...

–¿He tenido éxito?

–Mucho –probó el plato y gimió–. ¿Cocinas así todo el tiempo?

–Cuando no estoy fuera del país o haciendo de anfitrión de posibles clientes. Tuve suerte de encontrar a una mujer que compra para mí y que aprecia la buena comida tanto como yo. Cuando quiero algo en la nevera, le envío un correo electrónico –se encogió de hombros–. Y aparece. También se encarga del cuidado general de la casa y de otras tareas diversas que no me atraen tanto como cocinar.

Por algún motivo, eso hizo que Caitlyn dejara el tenedor en el plato.

–Quizá éste sea un buen momento para hablar de nuestro matrimonio.

Él pinchó una gamba suculenta con el tenedor y la acercó a la boca de ella.

–Bien. ¿De qué te gustaría hablar en particular?

—Marco… –no pudo aguantar y se la comió. Luego le quitó el tenedor–. ¿Qué quieres de nuestro matrimonio?

—Ah. Te apetecen reglas. Orden.

—Me gustaría hacerme una idea de las expectativas que tienes.

—Una conversación y compañía brillantes. Un sexo increíble… tendremos que trabajar para mejorarlo desde «estupendo». Y con la bendición de Dios, más risas que lágrimas –enarcó una ceja–. ¿Quieres que te traiga tu agenda electrónica para que puedas apuntar algunas notas?

—Necesito que te lo tomes en serio. El matrimonio es un asunto serio –volvió a dejar el tenedor en el plato, aunque en esa ocasión, para su sorpresa, vacío–. Lo siento. No puedo. Nada de esto es real y es inútil fingir lo contrario.

—El matrimonio no es un asunto y me niego a convertirlo en tal –alargó el brazo y le tomó la mano–. Relájate, *cara*. Necesitas darle tiempo a nuestra relación y dejar de aplicarle una orden del día. ¿Acaso las flores se abren ante una exigencia? ¿La primavera llega sólo porque el calendario así lo estipula? Si hace que te sientas más cómoda crear cierto sentido de orden, entonces llamemos este momento de nuestro matrimonio el punto A. En unas semanas podremos reevaluarlo y comprobar si hemos avanzado al B o al C.

Por algún motivo, eso hizo que llorara.

—Es una locura, lo sabes, ¿verdad?

—Lágrimas –frunció el ceño–. De eso sí que llevaré la cuenta. Por cada lágrima que derrames, me aseguraré de que tengas motivos para reír al menos cien veces.

—A este ritmo, me voy a pasar todo el día riendo.
—¿Ves lo fácil que ha sido? Ya hemos establecido nuestra primera regla marital. Cien risas por cada lágrima —el humor en su mirada se mezcló con una calidez evidente—. Sé que hoy planeabas decirme que te ibas y que ponías fin a nuestro matrimonio. Pero ¿aceptarías quedarte e intentarlo? Podemos establecer un límite de tiempo si eso te ayuda.
—¿Una negociación, Marco?
—Podría, si considerara el matrimonio como un trato comercial. Podría utilizar *The Snitch* como excusa, o la cuenta Romano.
Ella se mostró incómoda.
—¿Nuestro matrimonio tendrá un impacto adverso en esa cuenta?
—No. Pero sí lo tendría nuestro divorcio —dejó que lo asimilara antes de continuar—. Podría explicar cuánto más beneficioso sería para nuestra carrera que te quedaras conmigo, o la imagen que daría si te divorciaras después de un solo día de estar casada. Pero como acabo de explicar, esto no es un negocio. Sólo hay un motivo para permanecer juntos.
—¿Y… cuál es? —aventuró una conjetura—. ¿Llegar al punto Z?
Él esbozó una sonrisa maravillosa que Caitlyn jamás había visto en la cara de Lazz. Únicamente Marco podía sonreír así.
—¿Por qué iba a querer saltar directamente al punto Z cuando hay tantos puntos divertidos que explorar entre medias? El sentido de un baile no es precipitarse hacia el final, sino disfrutar de cada paso —la alzó de la silla y la envolvió en sus brazos—. Ven, mi hermosa esposa. ¿Qué dices? ¿Bailamos?

Capítulo Siete

En los días siguientes, Caitlyn descubrió que Marco hablaba en serio. No parecía importarle lo que ocurriera en el negocio si ella lo abandonaba. Sólo se preocupaba por ella. Por algún motivo, eso la aturdió. Y en todo momento una voz en su mente le decía que tenía que ser mentira. ¿Cómo iba a ser más importante que conseguir una cuenta que garantizaría el éxito meteórico de Dantes en el mercado europeo?

El matrimonio debería ser más complicado que lo que Marco hacía que fuera. Desde luego, lo había sido para su abuela. Gracias a esa unión desastrosa, había recibido instrucciones precisas sobre cómo levantar cimientos adecuados y qué cualidades buscar en un marido, una lista detallada y analizada antes siquiera de llegar a contemplar el matrimonio. Marco y ella no habían hecho nada parecido, y Caitlyn no podía evitar pensar que dicha carencia representaría un final rápido para un matrimonio breve.

Por fortuna, no tuvo que pensar demasiado en todo eso. En cuanto llegó al trabajo, le asignaron un proyecto enorme y complejo de supervisión, que requería pasar de papel a ordenador décadas de antiguos registros financieros.

–Con la expansión en el mercado internacional, necesitamos tener esta información disponible al alcance de una tecla –le explicó su supervisora–. Y necesitamos a alguien con tus conocimientos en finanzas y la atención al detalle para que separe la paja del grano. Determina qué debemos informatizar y qué se puede descartar sin ningún riesgo.

—Pero ¿y mis proyectos actuales?

—Te asignaremos ayuda temporal con eso para que te concentres en sacar adelante este proyecto. Seré sincera contigo, Caitlyn. Esperamos que tengas éxito donde fracasaron todos los que lo intentaron hasta ahora.

Con un toque del humor de Marco, comprendió que fue como agitar un capote rojo delante de un toro. La idea de que pudiera lograr lo que nadie más había conseguido la atrajo y aceptó el proyecto con manifiesto entusiasmo. Por desgracia, eso significó dejar la sede principal de Dantes para trasladarse al almacén, donde se guardaban casi todos los registros.

Al final de la semana, Britt localizó a Caitlyn en su nuevo destino y le dejó una carpeta sobre el escritorio.

—Toma. Lazz dijo que la necesitarías. Podría habértela enviado por correo electrónico, pero me dio la excusa de hacerte una visita. Para decirte que te echamos de menos.

—Gracias. Yo también os echo de menos —miró la hora—. Ojalá hubiera sabido que vendrías. He quedado a comer con Francesca en cinco minutos.

—Es la mujer de Sev, ¿no? —Britt hizo una mueca—. Es lógico. Supongo que le han asignado que te explique lo que espera de ti la familia.

Caitlyn frunció el ceño.

—¿Esperar? ¿De qué hablas?

Britt chasqueó los dedos.

—Vamos, abre los ojos. Ahora estás bajo la atención pública. *The Snitch* se lanzará sobre ti en cuanto se dé la noticia de tu boda relámpago con Marco. Supongo que Primo y Nonna le han pedido a Francesca que te guíe por el protocolo familiar con el fin de que no empeores las cosas accidentalmente.

–Estoy segura de que no es así –repuso tras un segundo.

Britt se encogió de hombros.

–Si tú lo dices… –apartó unos papeles y se sentó en la mesa. Alzó la mano izquierda de Caitlyn y emitió un silbido bajo–. Vaya pedrusco, cariño. Es incluso más impresionante que el que planeaba darte Lazz.

Irritada, Caitlyn se soltó la mano.

–Angie y tú le habéis dado demasiada trascendencia a mi relación con Lazz.

–Eso parece. Pobre Lazz. Supongo que caíste ante el encanto de Marco como todas las mujeres que trabajan en Dantes –se inclinó y bajó la voz–. ¿Es verdad, entonces?

–¿Qué? –aunque podía adivinarlo, dado los rumores que corrían por la oficina acerca de los acontecimientos que habían tenido lugar la noche en que Marco y ella se fugaron.

–¿Supiste que era Marco antes de que te hiciera el amor o esperó hasta después para contártelo?

–Debería haber imaginado algo así de ti, pero debes comprender que no voy a contestarte.

Britt suspiró.

–O cuál de los dos es mejor amante –calló un momento, pero al recibir sólo silencio, agregó–: Tiene que ser Marco. De lo contrario, ¿por qué te casarías con él, en particular con lo celoso que es?

–¿Caitlyn?

La voz de Francesca sonó próxima.

–Ups. Es mi señal para marcharme –se levantó del escritorio y agitó la mano–. Ya charlaremos más tarde.

Francesca, alta, rubia y tan elegante como hermosa, apareció en el umbral. Aguardó con abierta desaprobación mientras Britt se marchaba.

–Vamos, salgamos de aquí –le dijo a Caitlyn–. No sé tú, pero a mí me vendría bien un poco de aire fresco.

–¿Adónde vamos?

–A ver a Nonna para que pueda explicarte cómo se espera que te comportes ahora que eres una Dante –descartó el comentario con un movimiento de la mano y una amplia sonrisa–. Lo siento. No pude contenerme. Vamos a comer con Nonna, pero te aseguro que, si hay un protocolo para las mujeres Dante en alguna parte, tendrá que ser Britt quien me lo enseñe. Para serte sincera, hay ocasiones en que me vendría bien uno.

De camino al coche de Francesca, trató de defender a su amiga, aunque no supo por qué se molestaba.

–Britt es un poco extrovertida y no tiene pelos en la lengua.

–¿Lo llamas así? Yo lo llamo pura y malsana envidia –una vez que salió del aparcamiento y puso rumbo al Puente Golden Gate, añadió–: Siempre le gustó Marco. Pero sus hermanos y él establecieron un pacto hace años por el que no saldrían con nadie del trabajo. Por supuesto, ese acuerdo se quebró en cuanto llegué yo.

–¿Contó eso? Pensé que ya salías con Sev antes de incorporarte a Dantes.

–Me chantajeó para unirme a la empresa. ¿Es que

no lees *The Snitch*? Supongo que Britt vio mi relación con Sev como una relajación de la regla y se esforzó en captar la atención de Marco. Luego, cuando tanto Lazz como él fueron detrás de ti... –se encogió de hombros–. Estoy segura de que para la pobre Britt fue como una bofetada.

Caitlyn consideró la situación. Si los comentarios de su cuñada eran correctos, explicaban muchos de los comentarios cáusticos que Britt afirmaba que eran bromas.

–Gracias, Francesca. Agradezco que me abras los ojos.

La expresión de Francesca irradió simpatía.

–De nada. Lamento tener que criticar a alguien a quien consideras una amiga.

Unos pocos minutos más tarde subían la ladera de la colina que había en Sausalito y se metían en el camino particular de una casa grande de una sola planta y con una cancela de hierro forjado en la entrada. Francesca la condujo por el interior en sombra y a un jardín enorme y bien cuidado, lleno de flores, arbustos y árboles. Bajo las ramas de un roble se había preparado una mesa de hierro. Sentada a la mesa había una mujer que sólo podía ser Nonna.

Caitlyn le devolvió la mirada, fascinada por la abuela de Marco. Debía de tener setenta y bastantes años, a tenor de que Primo y ella acababan de celebrar su quincuagésimo sexto aniversario. Sin embargo, parecía una década más joven, con el rostro radiante de belleza a pesar de las arrugas que la vida había tallado en él. O quizá por ellas.

–Marco tiene sus ojos –observó Caitlyn.

La risa danzó en las profundidades almendradas, revelándole que Marco había heredado una segunda característica de su abuela.

—También Lazzaro —dijo con voz marcada por un acento italiano—. ¿O no lo notaste?

Caitlyn parpadeó sorprendida.

—Yo... supongo que nunca lo noté. Pero desde luego que tiene que ser así, ya que son gemelos idénticos.

Nonna alzó los hombros.

—Ah, en cuanto has sido tocada por el Infierno, sólo ves con claridad a un hombre —besó a Caitlyn en ambas mejillas, luego a Francesca y señaló dos sillas vacías—. Sentaos. Tutéame y llámame Nonna, igual que hace Francesca, y partiremos juntas el pan y hablaremos como han hablado las mujeres desde que nos formaron de la costilla de Adán. De los hombres, la vida, los hijos y luego, inevitablemente, otra vez de los hombres.

Francesca sonrió.

—A mí me suena bien. En especial la parte de los hombres.

—Tomaremos una deliciosa copa de vino en el almuerzo, o quizá dos —añadió con expresión traviesa.

—Lo siento, Nonna —comenzó Caitlyn—. Yo no puedo...

—Porque no has terminado tu jornada laboral —la anciana descartó el asunto con un movimiento de la mano y sirvió el vino—. Si hace que te sientas más cómoda, piensa que mantenerme contenta el resto del día es una de tus obligaciones. Una de las principales, ya que he arreglado que las dos tengáis la tarde libre.

Caitlyn cedió encantada.

–Una propuesta peligrosa. La última vez que bebí una copa de vino Dante terminé casada con Marco.

Las otras dos mujeres soltaron una carcajada.

–Así es el Infierno –afirmó Nonna–. Vuelve a las mujeres cuerdas y racionales en criaturas instintivas.

El comentario despertó la curiosidad de Caitlyn.

–¿Os molestaría que os hiciera a las dos una pregunta personal?

–Adelante –repuso Francesca.

La mujer mayor asintió.

–Sé que crees en el Infierno, Nonna. Marco me contó cómo cambió tu vida y te obligó a tomar una decisión difícil.

–No tan difícil. Más bien triste y desagradable.

Caitlyn miró a su cuñada.

–Pero, tú, Francesca, ¿crees en ello?

Ésta se relajó en la silla y bebió un sorbo del Frascati dorado y fresco.

–¿He de pensar que tú no?

Caitlyn movió la cabeza.

–Creo que debe de ser leyenda o fantasía –miró a Nonna con expresión de disculpa.

–Lo mismo que yo, al principio. Teniendo en cuenta todo, es natural.

–Has dicho al principio. Eso implica que en algún momento creíste en la historia.

Francesca mostró una expresión peculiar.

–Respóndeme con sinceridad, Caitlyn. ¿Hubo una corriente eléctrica la primera vez que Marco y tú os tocasteis? Me refiero a una chispa de verdad.

–Sí, algo así –admitió.

–¿Y lo sientes, incluso cuando no lo ves? Si alineara a Marco y a Lazz con trajes idénticos, si los mezclara y te los pusiera de espaldas, ¿sabrías reconocer quién es tu marido y quién tu cuñado?

—No estoy segura —la sola idea de que Lazz pudiera tocarla le resultó desagradable. Cerró los ojos—. De verdad que no lo sé. Quizá.

—¿Marco se frota la palma de la mano, así? —se lo demostró, clavando los dedos de la mano izquierda en el centro de la palma de la derecha—. ¿Te resulta familiar?

—Sí —susurró—. Lo he sorprendido haciéndolo en alguna ocasión. Yo misma lo hago a veces.

—Sucede con todos los hombres Dante cuando han sido golpeados por el Infierno, y parece que también con algunas de las novias Dante —explicó Nonna—. Primo. Nuestros dos hijos. Y ahora Sev y Marco. Así ha sido desde el inicio del linaje de los Dante.

—Depende de ti elegir creer que se trata del Infierno —Francesca se encogió de hombros—. Da la casualidad de que yo lo creo.

Antes de que Caitlyn pudiera hacer más preguntas, Primo les sirvió el almuerzo, preparado por él mismo. Aunque la cara del hombre mayor reflejaba una nobleza dura, en su expresión sólo se veía calidez. Después de darle la bienvenida con un abrazo cálido y un ruidoso beso en cada mejilla, comprobó que tenían todo lo que necesitaban y se marchó.

A partir de entonces las horas volaron, llenas de risas amables y dulces y de conversaciones femeninas. Caitlyn no recordó haber pasado jamás un tiempo tan placentero en compañía de mujeres. En un determinado momento intentó comparar a Nonna con su propia abuela, pero aparte de cierta fortaleza de carácter, no podían ser más diferentes.

A última hora de la tarde se presentaron los hombres Dante. Sev miró a su esposa y movió la cabeza con fingida consternación.

—Veo que Nonna ha sido algo generosa con el vino —le dijo a su abuelo—. Voy a necesitar tu carretilla para llevar a Francesca a casa.

—Sabes dónde la guardo —rió entre dientes, se sentó junto a Nonna y le tomó la mano.

Caitlyn percibió la aproximación de Marco y supo que los demás lo achacarían al Infierno. Fuera la que fuera la causa de esa percepción, mitigó su sorpresa cuando la alzó en brazos, ocupó su silla y la depositó en el regazo.

—¿Cómo ha sido tu día? —le preguntó.

—Perfecto —apoyó la cabeza en su hombro—. Mejor que perfecto.

—Me alegro. Nonna es... —se encogió de hombros.

—Es imposible describirla, ¿verdad? —convino Caitlyn.

Estuvieron charlando durante una hora antes de que él dijera que era hora de irse. Se despidieron y se marcharon por la puerta del jardín. Mantuvieron un silencio cómodo durante el trayecto desde Sausalito hasta el piso de Marco.

—Nonna es distinta de mi abuela —comentó Caitlyn mientras entraban en el piso.

—¿Sabes?, creo que ésta es la primera vez que has mencionado a tu familia desde la noche de bodas —con la cabeza indicó el dormitorio—. Ponme al corriente mientras nos cambiamos. ¿En qué es diferente tu abuela de la mía?

Lo siguió y se quitó la chaqueta del traje.

—Las dos son mujeres fuertes —expuso de camino

al armario–. Pero mi abuela era rígida. Nonna... no mucho.

Pasando el brazo alrededor de Caitlyn, sacó una percha de madera.

–Deja que lo adivine. Tu abuela era de la escuela de pensamiento que enseña que ver es creer –le dio con el codo–. Te transmitió eso, ¿no?

Ella sonrió fugazmente.

–No tuvo mucha elección. Fue ella quien me crió, ¿sabes? O tal vez no lo sabes –lo miró incómoda–. Lo siento, creo que fue a Lazz a quien se lo conté.

Para su alivio, Marco no se ofendió.

–Cuéntamelo ahora –la animó. Le bajó la cremallera de la falda antes de desprenderse de su corbata.

Caitlyn se la quitó y la sujetó a la percha de la chaqueta del traje. Se preguntó si la visión de ella vestida a medias lo tentaría a alzarla en vilo y tirarla sobre la cama que tenían detrás. Pero de pronto comprendió que él esperaba su respuesta.

–Oh, es una historia antigua y triste –se apresuró a explicar–. Una que innumerables mujeres han contado a lo largo de los años. Mi abuelo era un seductor.

Calló cuando Marco la atrapó con su corbata y la pegó a él.

–¿Disculpa? –gruñó.

Ella no pudo contener una sonrisa.

–Deja de mirarme con esos ojos furiosos. No me refiero a tu tipo de seductor.

–¿Qué otra clase hay? –preguntó sinceramente desconcertado.

La diversión de ella se evaporó.

–De los que te prometen todo y no cumplen nada

—lo miró con divertida exasperación por seguir atrapada en la corbata–. ¿Te importa?

La soltó a regañadientes y siguió desvistiéndose.

—Eso explica por qué mis promesas te preocupan tanto. No me conoces lo suficiente como para creer que las cumpliré.

—Algo así —confesó—. El abuelo animó a mi abuela a abandonar una prometedora carrera profesional, algo que en aquellos tiempos pocas mujeres lograban alcanzar. Pero lo hizo porque él le vendió el sueño.

Él se apoyó contra la puerta del armario; sólo llevaba puestos unos calzoncillos negros.

—¿Y cuál era? —quiso saber.

—Que... quería una casa de dos plantas con una valla blanca, la cena servida a las seis, con un hijo y una hija que lo estarían esperando, uno con una honda guardada en el bolsillo trasero de los vaqueros y la otra con un vestidito de volantes y trenzas.

—¿Y con qué terminó?

—Con una casa destartalada, una cena de hamburguesa con queso porque el presupuesto no daba para más y una hija que no paraba de berrear porque sufría de cólicos. De algún modo pasó por alto que para conseguir su sueño, alguien debía tener ingresos. Poco después de que naciera mi madre, se marchó. Había encontrado un sueño nuevo mucho más atractivo que la realidad del antiguo.

—¿Qué fue de tu abuela y de tu madre?

Se volvió y lo miró.

—La abuela crió a mi madre como mejor pudo. Se mató en los miserables trabajos que logró conseguir, ya que por entonces la posibilidad de una carrera había quedado atrás. Mi madre se largó de casa a los dieciséis años con el primer hombre que la miró dos veces. Nueve meses más tarde, yo aterricé ante la puerta de mi abuela.

–Diablos, cariño –la abrazó–. Decir que lo siento sería insuficiente, pero es verdad.

Caitlyn se encogió de hombros e inhaló su fragancia. Aunaba fortaleza, calidez y comodidad.

–Tuve a mi abuela. Y mi madre venía de manera periódica, siempre que se encontraba sola entre novios. Pero entonces aparecía el siguiente arco iris en el cielo y se iba en pos de él, convencida de que en esa ocasión encontraría el tesoro de oro en el otro extremo. La abuela siempre decía que había salido a mi abuelo. Hace años que no la veo.

–¿Y tu abuela?

–Murió con Alzheimer hace unos años. A veces hablaba del abuelo. No tenía ni idea de quién era yo, pero hablaba de cuando volviera Jimmy, de cómo alcanzarían el sueño. Quizá es bueno que su enfermedad le ofreciera algo de felicidad al final. No creo que experimentara mucha durante los años que la conocí.

Se retiró unos centímetros para mirarla.

–Ahora tienes a los Dante, *cara* –afirmó–. Lo sabes, ¿verdad? No importa lo que los demás digan de nuestro matrimonio, nosotros cuidamos de los nuestros.

Su comentario le recordó el choque con Britt.

–¿Te importaría si te hago una pregunta sobre tu pasado? –inquirió insegura–. No tienes que contestar. Es que…

Él hizo una mueca.

–Oh, oh. ¿Quién, qué, cuándo y por qué?

–Hoy Britt pasó a verme antes de que llegara Francesca para llevarme a almorzar.

–¿Y? –su expresión no reveló nada.

–Francesca mencionó que en el pasado Britt se te insinuó –mantuvo la voz indiferente, pero supo que no lo había engañado–. ¿Lo hizo?

Él suspiró.

–Yo diría que fue más un intento, que cortésmente soslayé.

–Mister Irresistible –logró bromear Caitlyn.

Él rió con ironía.

–Aceptaré tu palabra. Ciertas mujeres se prendan de mí, aunque no puedo decirte si es porque me encuentran irresistible. Para algunas mujeres lo más irresistible es que soy un Dante y quieren el brillo que un Dante puede aportar al matrimonio. Después de todos estos años, reconozco la diferencia. A Britt le gusta el brillo.

–Mientras que yo prefiero la chispa.

–Eso he notado –le pasó una mano por la nuca y le alzó la cara para darle un beso prolongado–. Es mi turno de hacerte una pregunta.

–¿Quién, qué, cuándo y por qué?

–¿Por qué Francesca sintió la necesidad de contarte lo de Britt?

–Britt mostró demasiada curiosidad por saber cómo terminé contigo en vez de con Lazz –repuso, buscando, sin éxito, un tono ligero.

–Fue más que eso, ¿verdad? –al no obtener respuesta, lo dejó pasar–. Eres una amiga leal, Caitlyn. Pero no tienes nada de qué preocuparte en lo referente a otras mujeres. Cuando golpea el Infierno, se acabó. En lo que a mí concierne, no existe nadie más.

–Demuéstralo.

Las palabras salieron de su boca antes de poder

contenerlas y la respuesta de él fue centelleante. La besó con una pasión que al instante la dejó sin control. La llama se encendió entre ellos.

La poca ropa que les quedaba voló entre suspiros, dejando un rastro de algodón y seda hasta la cama.

Se dijo que su abuela la habría llamado boba por anteponer la fantasía a la realidad, pero en ese momento no le importaba. Le rodeó el cuello con los brazos y se entregó, volando sobre el arco iris y flotando en nubes de placer. El mañana tendría que esperar.

Esa noche se quedaba con el sueño.

Capítulo Ocho

No estaba.

Marco despertó al instante. Abandonó la cama y fue a buscarla. La encontró saqueando la nevera. Divertido, comprobó que había preparado un refrigerio para dos.

–Veo por todos esos sándwiches que sabías que vendría –comentó con un bostezo.

–Sí –aceptó con leve resignación–. Sin duda dirás que se debe al Infierno.

Le quitó el plato de las manos y lo dejó a un lado. La rodeó con los brazos y apoyó la frente contra la suya.

–Sigue molestándote, ¿verdad?

–Sí.

Simple, conciso y sincero. Rasgos que le gustaban de ella.

–¿Crees que el Infierno hace que sea menos real lo que sentimos el uno por el otro?

–Si nuestra relación es únicamente capricho de ese Infierno, entonces no tiene nada que ver quién sea yo como persona –repuso con voz un poco atribulada–. O quién seas tú, para el caso. Simplemente, estamos emparejados sin tener nada en común aparte de la atracción sexual. ¿Cuánto crees que va a durar eso?

–Entendido –fue directamente al meollo–. Quie-

Capítulo Ocho

No estaba.

Marco despertó al instante. Abandonó la cama y fue a buscarla. La encontró saqueando la nevera. Divertido, comprobó que había preparado un refrigerio para dos.

—Veo por todos esos sándwiches que sabías que vendría —comentó con un bostezo.

—Sí —aceptó con leve resignación—. Sin duda dirás que se debe al Infierno.

Le quitó el plato de las manos y lo dejó a un lado. La rodeó con los brazos y apoyó la frente contra la suya.

—Sigue molestándote, ¿verdad?

—Sí.

Simple, conciso y sincero. Rasgos que le gustaban de ella.

—¿Crees que el Infierno hace que sea menos real lo que sentimos el uno por el otro?

—Si nuestra relación es únicamente capricho de ese Infierno, entonces no tiene nada que ver quién sea yo como persona —repuso con voz un poco atribulada—. O quién seas tú, para el caso. Simplemente, estamos emparejados sin tener nada en común aparte de la atracción sexual. ¿Cuánto crees que va a durar eso?

—Entendido —fue directamente al meollo—. Quie-

contenerlas y la respuesta de él fue centelleante. La besó con una pasión que al instante la dejó sin control. La llama se encendió entre ellos.

La poca ropa que les quedaba voló entre suspiros, dejando un rastro de algodón y seda hasta la cama.

Se dijo que su abuela la habría llamado boba por anteponer la fantasía a la realidad, pero en ese momento no le importaba. Le rodeó el cuello con los brazos y se entregó, volando sobre el arco iris y flotando en nubes de placer. El mañana tendría que esperar.

Esa noche se quedaba con el sueño.

—Ya lo has hecho —señaló con suavidad.

—Cariño —un vestigio de impaciencia se asomó a su voz—, nadie tiene un control total sobre su vida y algunos únicamente disponen de una limitada elección. El control es la ilusión.

—Es mi ilusión, así como el Infierno es la tuya —insistió con obstinación.

—Te niegas a creer que pueda existir debido a tu abuela —sabía que iba por terreno peligroso, pero ya no le importaba—. Tu cuento de antes de dormir ha sido sobre sueños perdidos. Siendo yo un pequeño salvaje, el mío era el del lobo y los cerditos... Lo que quiero decir es que soy bien consciente de que, si levantamos nuestros cimientos con paja, se los puede llevar el viento. O podemos construirlos de piedra para que resistan las tormentas más intensas. Nosotros elegimos las herramientas y los materiales. También elegimos nuestros sueños. Juntos.

—Haces que parezca tan sencillo... —titubeó—. Esta obsesión tuya no es lógica, Marco. No entiendo por qué te empeñas en creer en un cuento de hadas. Tanto como para casarte con una mujer a la que conocías desde hacía cinco minutos.

Marco apretó los labios.

—Mis padres fueron un ejemplo perfecto de lo peor que puede ser un matrimonio, así como Primo y Nonna son el ejemplo de lo mejor. Mis abuelos escucharon al Infierno cuando se presentó y su matrimonio se acerca a las seis décadas de duración. Mi padre lo ignoró, y nunca en toda la vida de casado conoció un día feliz.

Ella abrió mucho los ojos.

—¿Bromeas? Di por hecho... ¿Tu madre no era...?

res seguridad. Certeza. Quieres saber que vamos a seguir juntos dentro de cincuenta años.

Caitlyn ahogó una risa que insinuaba lágrimas.

—Por ahora, me conformo con un año. Incluso con una semana. Pero sigo esperando que todo salga terriblemente mal. Si lo que sentimos se debe al Infierno, entonces es fantasía, no realidad.

—Es más que eso, Caitlyn, y tú lo sabes —se apoyó contra la encimera y la cobijó en su pecho—. O bien el Infierno es real o bien es fantasía. Si es una fantasía, terminará y tú resultarás herida. Pero si es real, tienes miedo de que te sea arrebatada la capacidad para tomar tus propias decisiones en la vida.

Ella asintió.

—¿Y si decidimos que no nos gustamos? ¿Y si no somos capaces de levantar unos cimientos duraderos juntos? ¿Y si descubrimos que nuestros objetivos en la vida son muy distintos? Según tú, estamos atrapados juntos para siempre.

—¿Te sientes atrapada, *cara*?

—A veces —confesó.

Le tomó el rostro entre las manos y la besó, transmitiéndole toda la ternura y seguridad que pudo.

—Sospecho que eso es cierto para el amor en general, no sólo con el Infierno. No has perdido una parte de ti misma. Has ganado algo que antes no tenías. Al menos, yo sí.

En vez de relajarse, se mostró más ceñuda.

—Pero cuando entró en escena el Infierno, ¿no sentiste como si hubieras perdido todo el control?

—Por supuesto. Y entiendo que tienes la necesidad de dirigir tu propia vida —se encogió de hombros—. No es mi intención interferir en eso.

Él movió la cabeza.

—¿La prometida del Infierno de mi padre? No. Fue una transacción comercial. A pesar de las advertencias de Primo, mi padre se casó con mi madre por el bien de Dantes, aunque ni siquiera eso salió como mis padres habían planeado. Puede que pienses que es una superstición o una fantasía, pero yo viví con la realidad. Elegiré cualquier cosa antes que eso.

—Oh, Marco. Lo siento mucho.

Pudo ver que seguía creyendo que sus actos para casarse con ella eran una dramatización.

—Escúchame, *cara*. Si no hubiera realizado la elección que tomé, si no te hubiera llevado a Nevada para casarnos, con el tiempo Lazz habría encontrado un argumento racional para convencerte de casarte con él. La única persona que he conocido más lógica que tú, es él. Si no te hubieras casado conmigo, si te hubieras casado con mi hermano, no sólo habríamos sufrido nosotros dos, sino Lazz y también su futura esposa. Puede que ahora no me dé las gracias por lo que hice, pero eso cambiará cuando él mismo experimente el Infierno.

—Realmente crees en esto —se maravilló.

—Sí —le mantuvo la mirada—. Y dentro de poco también lo harás tú. No me importa el tiempo que lleve o lo que tenga que hacer para convencerte, pero terminarás creyendo en el Infierno.

Por primera vez desde que se habían casado, Caitlyn llegaba al piso sin Marco. Éste le había advertido de que era posible que tardara, ya que tenía una reunión con Nicolo.

Después de refrescarse y cambiarse, miró la caja con archivos que había llevado desde el almacén y con un suspiro se estiró en el sofá. Se dijo que bien podía ponerse a trabajar. Colocó la caja sobre el cojín que había junto a sus pies, se acomodó las gafas de leer y sacó los primeros archivos.

Entre papeles personales había encontrado unos registros confusos y quería tomarse tiempo repasándolos para determinar la mejor manera de manejar la información que contenían. Pero antes de que pudiera abrir la primera carpeta, oyó la llave de Marco en la cerradura.

Hubo una pausa larga. Luego oyó:

–*Cara?*

–Aquí –no pudo contener una sonrisa.

Él apareció en el umbral, con un maletín en la mano y una revista en la otra. Su rostro no revelaba nada bueno. Caitlyn se incorporó.

–¿Qué ha pasado?

–La encontré metida debajo de nuestra puerta –se la arrojó–. Deja que te lo advierta, no te va a gustar.

Eso explicaba que se demorara en la puerta. Se ajustó las gafas y las letras se enfocaron.

Confusión marital: ¿Marco o Lazz? Embaucan a una novia desconcertada para ir al altar.

Con una exclamación de furia, buscó las páginas del artículo.

–Dios mío, Marco, lo saben. Aparece todo aquí. Dan la crónica de todos los detalles.

–Espero que no de todos.

Ella se ruborizó un poco.

–No, no viene cada detalle. Pero se acerca bastante. ¿Cuándo ha salido? Me pregunto si es lo que irritó a Britt. Desde luego, explicaría muchas cosas.

–Es posible, aunque dudo que Britt necesite algo específico para irritarse –se acercó a Caitlyn, dejó la caja en el suelo y se sentó a su lado, aflojándose la corbata–. Hay algo que me molesta acerca de estos artículos y no termino de descubrirlo –le alzó las piernas y las apoyó en su regazo. Distraído, comenzó a masajeárselos–. Más o menos durante este último mes han cambiado de tono.

Desde aquella noche en el avión, él había continuado con la costumbre de masajearle los pies, algo que la volvía loca. Se estiró como una gata y las carpetas se diseminaron por el suelo. Marco fue a recogerlas, pero ella se lo impidió poniéndole los pies contra el estómago.

–Olvídate de los papeles. Ya los recogeré yo luego. Dime cómo han cambiado los artículos. ¿Qué diferencia ves en ellos?

Él se reclinó contra los cojines.

–Se han vuelto personales. Vengativos. Ya sabes… –frunció el ceño pensativo–. Creo que es eso. Antes escribían sobre algún cotilleo acerca de alguna fiesta a la que hubiéramos asistido, con quién íbamos. De vez en cuando había alguna maldad en los comentarios, pero nada perjudicial.

–Ahora sí lo es, desde luego. Se ha vuelto abiertamente personal.

–Es exactamente lo que me molesta. Es personal y específico. Demasiado. Quienquiera que esté escribiendo los artículos, debe de tener un informador en Dantes. Es la única explicación.

–No puede ser.

Marco sonrió un poco al ver su expresión atónita.

–No sería nada nuevo. Y tampoco hacemos que nuestros empleados firmen un acuerdo de confidencialidad acerca de la vida personal de la familia.

–Quizá deberíais empezar a hacerlo.

–Se lo mencionaré a Sev. Que ponga al departamento legal a estudiarlo. Mientras tanto, si podemos encontrar a la persona que pasa la información, podremos cortar la fuente que tiene *The Snitch* y salvar la cuenta Romano.

–¿La hemos perdido?

–Me gusta que emplees el plural –alargó el brazo y la acercó por el cuello de la camiseta para darle un beso profundo–. Y, no, no la hemos perdido. Todavía. Les advertí de que esto saldría a la luz. Demasiadas personas oyeron la pelea cuando regresamos a Dantes la mañana después de nuestra boda como para no llegar a oídos de la revista. Pero el hecho de que esté tan detallada en el artículo demuestra que poseen una fuente de información interna.

»Esperemos que no averigüen nada sobre el Infierno. Es algo que consideramos muy privado. Nadie sabe nada al respecto, excepto la familia, y queremos que siga de esa manera –giró para mirarla–. Olvidémonos de *The Snitch*. Y de todo lo relacionado con los Romano y Dantes. En este momento, sólo me importa una cosa.

Ella sonrió.

–¿Y se puede saber qué es, señor Dante? –preguntó con exagerada inocencia.

Se situó encima de ella, le quitó las gafas y las dejó a un lado con cuidado.

–Estoy seguro de que se nos ocurrirá algo.

No fue hasta unas cuantas horas más tarde cuando se trasladaron del sofá a la cama. Hacía rato que sus ropas habían desaparecido entre las carpetas y los documentos diseminados por el suelo.

A la mañana siguiente, mientras Marco separaba la ropa, ella recogió los papeles, aunque no se molestó en organizarlos antes de volver a guardarlos en la caja. Cuando alzaba el último documento grapado, el nombre de Lazz, unido al de los Romano, prácticamente saltó de la página. La ojeó rápidamente, consciente de que, si no se iban pronto, los dos llegarían tarde al trabajo. Pero lo que leyó la sacudió profundamente.

–¿Qué pasa? –inquirió Marco.

–Nada –metió el documento en la caja y la cerró con la tapa–. Vamos.

–En serio, ¿de qué se trata?

Evitó su mirada mientras recogía el bolso y el maletín.

–Sólo es un documento que he de leer con más atención. Puedo hacerlo cuando lleguemos a la oficina –señaló la caja–. ¿Te importaría llevarla al coche por mí?

Para su alivio, el momento pasó. En cuanto Marco la dejó en el almacén, fue directamente a su despacho temporal, sacó el documento y lo leyó tres veces antes de poder convencerse de que era auténtico. Un segundo documento siguió al primero, ése en italiano. Pero sospechó que ponía lo mismo que en la versión inglesa.

No perdió más tiempo. Después de guardar el documento, llamó a un taxi con el fin de ir al edificio corporativo de Dantes. Una vez allí, esperó impaciente que el ascensor la llevara hasta el departamento financiero. Britt ocupaba una pequeña zona de recepción delante del despacho de Lazz y Caitlyn titubeó. Había olvidado que tendría que pasar por Britt para llegar hasta Lazz.

Pegó la carpeta contra su pecho.

–¿Está libre? –preguntó, tratando de sonar casual.

–¿Ya has cambiado de parecer? –preguntó Britt riendo–. Pobre Marco.

–Hablo en serio, Britt. Es importante y no me sobra el tiempo.

La expresión de su amiga se puso seria.

–Lo siento, señora Dante. No era mi intención hacerla esperar. Veré si Lazz está disponible –alzó el auricular del teléfono y apretó una tecla–. Su cuñada ha venido a verlo. No, la esposa de Marco. Dice que es urgente. Desde luego. La haré pasar.

En cuanto colgó, Caitlyn volvió a intentarlo.

–Escucha, lo siento. Lo que pasa es que esto es urgente. No era mi intención ser brusca.

–No pasa nada –le ofreció una sonrisa que no hizo nada por ocultar la furia en sus ojos y que le advertía de que la relación entre ellas distaba mucho de encontrarse bien–. Yo sería igual de desagradable si acabara de descubrir lo que tramaba Marco en el plano laboral. Me preguntaba cuánto tardarías.

Caitlyn suspiró, sabiendo que no debería preguntar. Que no debería caer en el juego de la otra.

–¿Descubrir qué? –preguntó cansada.

Britt se tomó su tiempo, saboreando cada palabra.

–Que este proyecto que te han asignado es un

montaje. ¿No te fastidia en lo más hondo de tus entrañas estar desterrada en ese almacén sólo porque Marco quiere mantenerte alejada de Lazz? –sonrió con astucia–. Aunque no ha funcionado, ya que aquí estás.

Le costó todo su autocontrol no reaccionar ni decir algo que pudiera llegar a *The Snitch*.

–Discúlpame, ¿quieres? –dijo, pasando delante de Britt para entrar en el despacho de Lazz.

Cerró la puerta a su espalda y se apoyó en ella, luchando por serenarse. Francesca se lo había advertido, pero había esperado poder demostrar que su cuñada se equivocaba. Sin embargo, quizá no hubiera manera de superar los obstáculos que parecía haber entre ellas. Le costó aceptarlo.

–¿Caitlyn? –Lazz se puso de pie–. ¿Qué ha pasado? Tienes un aspecto terrible.

Estuvo a punto de confiarle lo que se interponía entre Britt y ella. Pero vaciló en involucrarlo. Quizá ya no fueran amigas; no obstante, no deseaba que eso le costara el trabajo a Britt. De pronto fue consciente de la carpeta que sostenía y la usó como excusa para justificar su angustia.

–Hay algunos documentos que tienes que ver –cruzó el despacho y le ofreció la carpeta–. Los encontré mientras repasaba unos registros familiares.

Lazz abrió la carpeta. Señalándole el sillón que tenía frente a su escritorio, se sentó antes de empezar a leer.

–Santo cielo –musitó–. ¿En qué estaba pensando el viejo?

–¿Sabías algo de este contrato?

–Nada.

–¿Crees que Primo lo sabía? –inquirió.

–¿Bromeas? De haberlo sabido, habría matado a mi padre.

La miró con los mismos ojos de Marco. Sin embargo, no se parecían en nada a los de su marido. Donde los de éste tenían la calidez y la pasión de un verano mediterráneo, los del hermano gemelo le parecieron fríos y remotos como un lago de montaña. Se preguntó por qué nunca antes había notado la diferencia.

–¿Se lo has contado a alguien? –preguntó Lazz.

–A nadie. Te lo he traído directamente a ti.

–¿Y a Marco?

–No he dicho una palabra –le informó con más severidad en esa ocasión–. Y no tienes idea de lo culpable que me hace sentir.

–Esto no tiene nada que ver con él y quiero que siga siendo así –su voz reflejó la misma severidad–. Quiero tu promesa al respecto. Necesito tiempo para decidir cómo manejar la situación.

–La tienes.

–También quiero que guardes tú el contrato mientras analizo mis opciones. Prefiero no tenerlo en mi despacho, donde alguien podría encontrarlo.

–No hay problema. Volveré a dejarlo en la caja donde lo encontré.

Después de entregarle la carpeta, la estudió en silencio mientras tomaba una decisión.

–Sentí algo aquella mañana, ¿sabes? –la sorprendió diciendo al final.

Ella movió la cabeza desconcertada.

–No sé de qué me estás hablando.

–En la sala de reuniones. La mañana después de que te casaras con Marco –salió de detrás del escritorio y se sentó en la mesa, cerca de ella–. No creo en el Infierno. Al menos, nunca lo he hecho. Pero aquella mañana...

Pudo ver adónde iba y lo descartó con un movimiento de la cabeza.

–Lo único que sentiste aquella mañana fue furia y, quizá, un poco de celos.

–Cierto. Pero también un hormigueo –frotó el dedo pulgar por la palma de su mano y frunció el ceño–. Justo aquí.

–No sé qué disparó tu pequeño detector del Infierno –respondió–. Pero no fui yo. No es posible –¿o no quería que lo fuera? Porque si Lazz también lo sentía, sería prueba de que el Infierno no funcionaba.

Él se mostró realmente desconcertado.

–Bueno, no había nadie más allí para activarlo.

–Los Dante y vuestros hormigueos. ¿Lo sientes ahora? –preguntó con algo más que un vestigio de exasperación.

–Tal vez –repuso ceñudo–. Un poco.

–Pues Marco no lo siente un poco. Como no tenga cuidado, se va a despellejar la mano.

Lazz sonrió fugazmente.

–Suenas como una madraza –entonces su diversión se evaporó–. Iba a proponerte matrimonio aquella noche, ¿sabes?

–Lo sé –murmuró.

–Tendríamos que haber estado nosotros ante el sacerdote.

–No.

Nunca en la vida había estado tan segura de algo. La certeza fue un torrente agridulce y cerró los ojos, aceptando lo que llevaba semanas negando. No importaba que el Infierno fuera o no real o si ella creía en él. No importaba que no hubiera seguido los consejos de la abuela antes de casarse, o que hubiera elegido a un seductor en vez de a un hombre más lógico y pragmático, como Lazz. Nada importaba salvo esa sencilla verdad. Contuvo el aliento.

Amaba a Marco.

−¿Caitlyn?

−Oh, Dios −las lágrimas le llenaron los ojos al levantarse−. Soy una tonta.

Él se irguió.

−Está bien. No llores −le pasó los brazos por los hombros y le dio unas palmaditas, incómodo−. Podemos arreglarlo. Te buscaré un abogado. Todo saldrá bien.

−No, no lo entiendes −alzó la cabeza y lo miró. ¿Cómo había podido llegar a pensar que no podría distinguir a un hermano del otro? No se parecían en nada. No sentían nada de la misma manera−. Lo amo, Lazz.

−Oh, diablos. Eso no es bueno.

−No. Lo que no es bueno es que tengas las manos en mi esposa −la puerta se cerró de golpe detrás de Marco−. Te sugiero que las apartes antes de que yo lo haga por ti.

Capítulo Nueve

Marco sintió una furia ciega. Luchó para no hacerle a su hermano algo tras lo cual uno de ellos no sobreviviera para lamentarlo. Caitlyn era su esposa. Suya. Lazz no pintaba nada tocándola y así se lo explicaría con un idioma que su hermano no pudiera malinterpretar.

–No seas ridículo –dijo Caitlyn.

Le dedicó una mirada fugaz.

–No. No te comportes como si la culpa fuera mía cuando entro y te descubro en brazos de mi hermano –trasladó la atención a su gemelo–. Por algún motivo realmente irritante, sigues tocando a mi esposa.

Maldiciendo, Lazz alzó las manos y dio un paso atrás.

–¿Estás satisfecho ya?

–No lo estaré hasta que te haya arrancado de la cara parte del parecido que compartimos.

–¿Para que Caitlyn pueda diferenciarnos? –Lazz contuvo una carcajada–. Créeme, no está en absoluta confundida en ese campo.

–Creo que me cercioraré de que así sea –cerró las manos con fuerza.

Caitlyn se interpuso entre ambos, siendo ése el sitio que menos le correspondía.

–¿Podríamos bajar un poco el nivel de testosterona, por favor? Lazz, no estás ayudando nada. Marco, hay una explicación muy simple para esto.

–¿Cuál es?
–Bueno…

Miró a Lazz con una ceja enarcada, pero él negó con un gesto de la cabeza. Un destello de irritación pasó por la cara de ella, aunque no pudo compararse con la irritación de Marco al ver que necesitaba la aprobación de su hermano para explicar la situación.

–No puedo contártelo –esa declaración logró disparar el mal humor de su esposo–. Pero te aseguro que es algo estrictamente laboral.

–¿Lazz con los brazos a tu alrededor era algo estrictamente laboral? –luchó por frenar su cólera–. ¿Algo «estrictamente laboral» fue lo que te hizo llorar?

–Eso fue… –titubeó–. Eso fue por otra cosa.

–Creo que es el momento de que aclare las cosas –intervino Marco–. Por si quedan algunas cuestiones flotando en el aire.

–Marco…

La cortó con un movimiento de la mano.

–No, esto hay que decirlo. La herida no podrá sanar hasta que se extraiga el veneno –se volvió hacia su hermano–. Por si te perdiste el anuncio, Caitlyn y yo estamos casados ahora, Lazz. Nos encontramos en proceso de construir una vida juntos, y no dejaré que nadie, y menos mi propio hermano, quite siquiera un solo ladrillo de lo que Caitlyn y yo nos hemos afanado por levantar. No debes volver a interferir en nuestro matrimonio. ¿He sido claro en este punto?

Marco observó en las facciones de su hermano la guerra que libraba por dentro. Aunque entendía por qué le resultaba tan difícil a Lazz olvidar el tema, había que ponerle fin, en ese mismo momento y lugar. En el pasado jamás había tenido que cuestionar la lealtad y el apoyo incondicionales de la familia. Quería recuperar esa certeza y no tener que vigilar su espalda por la posibilidad de que alguien quisiera clavarle un cuchillo.

Aguardó la respuesta de Lazz. Aguardó que saliera el veneno al que se había dado demasiado tiempo para propagar su infección. Y al final estalló en oleadas desordenadas.

–Me la quitaste. ¡Le mentiste! –lo acusó Lazz–. Fuiste tras ella como un ladrón en la noche y la engañaste para que se casara contigo. Debería tener la elección de dejarlo, si así lo quiere.

Marco inclinó la cabeza.

–Estoy de acuerdo. Pero lo que no entiendes, lo que te empeñas en ignorar, es que siempre ha tenido la elección de marcharse. No obstante, se queda conmigo. Hay una razón para ello, Lazz. Y esa razón es la causa por la que debes hacerte a un lado –dejó que asimilara su comentario antes de agregar–: Nunca fue tuya. Intentaste convencerte de lo contrario, trataste de atarla a ti. Pero desde el instante en que la viste, ya fue demasiado tarde.

–¡Planeaba casarme con ella!

¿Es que su hermano no lo entendía?

–Aunque Caitlyn me abandonara ahora, seguiría sin ser tuya jamás. No del modo en que quieres, no del modo en que debería serlo una esposa. Yo siempre me interpondría entre vosotros. Y si no soy yo, el fantasma de nuestra relación.

–¿No es eso lo que estoy haciendo yo? –replicó Lazz–. ¿Interponerme entre los dos? ¿No es ésa la causa de que estés tan celoso, que yo tuviera una relación con ella?

Marco movió la cabeza.

–Tú sabes que no fue una relación verdadera. Caitlyn y yo zanjamos ese asunto hace tiempo. No formas parte de nuestro matrimonio, Lazz. Lo que tuviste con ella no fue más que una ilusión.

La obstinación apareció en la cara de Lazz.

–Sólo porque te inmiscuiste en nuestras vidas.

Marco volvió a intentar llegar hasta su hermano.

–Si hubierais llevado la relación más allá de esos primeros pasos, con el tiempo se habría roto. La mujer predestinada a ti aún no ha llegado a tu vida. Pero te juro, Lazz, que en cuanto lo haga la reconocerás. Y cuando eso suceda, te darás cuenta de que lo que sientes por Caitlyn es una pálida imitación de lo verdadero.

–Es suficiente, Marco. Has establecido tu punto –una vez más Caitlyn se interpuso entre los dos hombres–. Lazz, comprendo que es tu despacho, pero, ¿podrías darnos un minuto, por favor?

Titubeó un momento, luego asintió.

–Claro.

En cuanto quedaron solos, Caitlyn tomó la mano de Marco.

–Escúchame. Te prometo que la información que le transmití a Lazz era confidencial y absolutamente relacionada con el trabajo. Si quieres saber más, tendrás que discutirlo con él, ya que es información que le pertenece y, por lo tanto, es Lazz quien tiene que decidir si quiere compartirla.

–¿Por qué estabas llorando? –aún podía ver vestigios de las lágrimas–. ¿Era por nosotros? ¿Por nuestro matrimonio?

–Lloraba... porque era feliz.

Pudo ver que se reservaba algo, y que tampoco eran lágrimas de pura felicidad.

–Entonces, respóndeme a esto, *cara*: ¿por qué llorabas de felicidad con tu cuñado en vez de hacerlo con tu marido?

–Porque la sentí en ese momento –lo miró con absoluta sinceridad–. No lamento nuestro matrimonio. No deseo haberme casado con Lazz en vez de contigo, por si aún albergas alguna duda. Pero hay una cuestión que debemos aclarar.

–¿Cuál?

–Se trata sobre este proyecto que me has asignado y cómo surgió.

Lo sorprendió con el cambio de tema. Pudo adivinar la dirección que deseaba seguir y no era un lugar al que le apetecía ir.

–¿Y?

Ella titubeó, organizando sus pensamientos.

–Deberías saber que mi carrera me aporta seguridad e independencia, y tengo serios problemas con que me mantengan en la oscuridad acerca de las decisiones que afectan mi trabajo.

–Creía que eras feliz con tu nueva tarea –dijo con cautela.

Un destello de fuego se encendió en los ojos azules de Caitlyn.

–Evitas la cuestión... creo que adrede. Me encanta mi trabajo, tanto el antiguo como el nuevo. Pero me he esforzado mucho para llegar hasta donde estoy y me niego a dejar que me aparten de mi objetivo. Mi carrera me asegura no tener que depender de nadie ni de nada. Siempre sabré que, si sucede algo en algún momento, como pasó con la abuela, puedo cuidar de mí misma.

Él apretó los labios.

—¿De dónde has sacado la idea de que intento interferir con tu seguridad laboral?

—Dime una cosa, Marco. ¿Quién arregló que yo dirigiera este nuevo proyecto, un proyecto que supuestamente nadie es capaz de completar con éxito salvo yo? —lo miró fijamente—. Fuiste tú, ¿verdad? Le pediste a mi supervisor que me empleara en esta tarea.

En los últimos días había empezado a descifrar los distintos estados de ánimo de su esposa. Los ojos le brillaban siempre que algo la satisfacía. Y adquirían una tonalidad casi índigo siempre que el dolor la amenazaba. La preocupación hacía que se mordiera el labio inferior... algo que él siempre contenía con un beso. Pero lo más inquietante de todo eran las señales de peligro que centelleaban como advertencia de la furia que la dominaba. Y en ese momento eran de un rojo intenso.

—Sí, pedí que te asignaran ese nuevo proyecto —le informó.

—¿Con el fin de mantenerme alejada de Lazz?

—Mmm —fingió meditarlo—. Si ése fue mi objetivo, no parece haber funcionado, ¿verdad? Porque estás aquí.

Su frivolidad estaba fuera de lugar.

—Hablo en serio, Marco. La mañana siguiente a casarnos me dijiste que querías que mantuviera la distancia con Lazz y que te cerciorarías de que así fuera. ¿Es ésta la manera en que te cercioras de ello? Hasta ahí llega la confianza.

Respondió con sinceridad.

–No es en ti en quien no confío. Es en mi hermano. Por si no lo has notado, ahora mismo se siente un poco traicionado. No te quiero en medio, a pesar de lo a menudo que sientes la necesidad de ponerte allí. Este proyecto lo organizarás en sólo uno o dos meses y, para serte sincero, no se me ocurre nadie más cualificado que tú para llevarlo a cabo. Cuando lo tengas bajo control, y a propósito, se trata de un proyecto crítico, no de algo insignificante, la dinámica familiar se habrá asentado y regresado a la normalidad. En especial después de nuestra pequeña conversación de hoy en este despacho. Entonces, tendrás plena libertad para reanudar tu antiguo trabajo.

–Es gracioso. No recuerdo haber participado en esa charla cuando se produjo.

–Sí –se pasó una mano por el pelo–. Es posible que no recibieras el memorando. Lo siento, *cara*. Debería habértelo dicho.

–Deberías haberlo hablado conmigo –lo corrigió–. Permitido que tuviera voz en la decisión final.

–No habría cambiado nada –le informó con suavidad–. Habríamos discutido… pero al final habría ganado yo.

Se puso rígida.

–¿Es así cómo van a tomarse todas las decisiones en nuestro matrimonio?

–Sólo intento protegerte.

–Eso no ha contestado mi pregunta, y no necesito tu protección –protestó.

–Sí la necesitas. Te casaste con un Dante, Caitlyn, y, al hacerlo, sabías que tu vida cambiaría debido a mi familia. Sólo las historias que aparecen en *The Snitch* deberían habértelo indicado.

–¿Y parte de casarme con un Dante es que tomen mis decisiones por mí? –espetó acalorada–. Gracias, pero no.

–Ya basta, Caitlyn. He prometido consultar contigo en el futuro. Y lo haré. Así como tú vas a prometerme que no volverás a usar el hombro de mi hermano para más lágrimas de felicidad.

–¿Sólo puedo recurrir a tu hombro?

–Intentaré soportar la tensión –titubeó. Como estaban despejando la atmósfera, era un buen momento para advertirle sobre su propio cambio laboral–. Hay otra noticia que debería comunicarte.

–¿Comunicarme... o advertirme?

–Supongo que un poco de ambas. Yo las considero buenas noticias, aunque conociendo cómo trabaja *The Snitch*, ya encontrarán un modo de darle un sesgo negativo –la observó con atención–. He decidido pasarle mis obligaciones internacionales a Lazz. Como él ya ha dedicado mucho tiempo a ocuparse de nuestras oficinas en el extranjero, era lo más lógico.

Ella mostró cierta preocupación.

–Pero ¿por qué? Creía que te encantaba tu trabajo

–Y me encanta. Por desgracia, significa que estoy más tiempo fuera del país que en casa. No me importaba antes de conocernos, pero no me gusta estar lejos de ti tan a menudo o tanto tiempo. No es bueno para un matrimonio.

Caitlyn fue a recoger la carpeta del escritorio de Lazz y se la acomodó bajo el brazo.

–¿Esta decisión tiene algo que ver con mantenernos alejados a Lazz y a mí?

–Considerémosla una bonificación añadida.

Ella cerró los ojos unos instantes.

–Oh, Marco –luego lo miró con gran pesar–. Después de todo lo que se ha dicho hoy aquí, todavía no se ha acabado, ¿verdad?

–¿Lo tuyo con Lazz? Acabado y olvidado. ¿Algunos de nuestros asuntos? –no podía mentirle–. Digamos que aún nos queda cierto camino por recorrer.

En los días siguientes, Caitlyn tuvo claro que entre Marco y ella se había formado una grieta. Para empeorar las cosas, Marco anunció que Lazz y él irían a Europa unos días con el fin de ayudar a suavizar la transición en el traspaso de tareas.

–Volveré el viernes por la noche. Cuando regrese, arreglaremos esto de una vez por todas.

Antes de marcharse, la tomó en brazos y le dio un beso que derribó todas las barreras y le potenció la esperanza de que tal vez el matrimonio terminara por funcionar. Entonces él se fue.

La semana transcurrió con lentitud y Caitlyn aprovechó para avanzar en el proyecto del almacén. A mediados de semana había logrado que su equipo estableciera la transferencia de papel a soporte digital en un tiempo récord. En unos días dispondría de tiempo suficiente para revisar con más cuidado la caja de archivos personales.

El viernes por la mañana fue más contenta al trabajo, ya que esperaba la vuelta de Marco esa misma noche. Había llegado el momento de enfrentarse a los hechos. Lo amaba con todo su corazón. Ya no importaba cómo se había producido su matrimonio. Lo que importaba era adónde fueran a partir de ese punto.

Al entrar en el despacho, alzó la caja con documentos y la dejó sobre su mesa. Fue en ese instante cuando la vio. Alguien se había presentado antes que ella con el fin de dejarle la última edición de *The Snitch*. Estuvo a punto de tirarla sin abrirla. Pero un titular captó su atención y se sentó a leer. Veinte minutos después salía volando del despacho. Con Marco en Europa, tenía el coche de él a su disposición. Enfiló directamente hacia el edificio principal de la empresa. Una vez allí, fue al escritorio de Britt, que encontró ocupado por Angie.

—¿Dónde está Britt? —preguntó.

Angie la miró confusa.

—Pensé que contigo. Me pidió si me hacía cargo de su puesto mientras iba al almacén.

El almacén. Donde sobre su escritorio había documentos que representaban una mina de oro literal en información para *The Snitch*. Luchó por mantener la calma. Lo primero era buscar ayuda. Marco y Lazz se hallaban fuera del país. Sev se había ido a Nueva York con Francesca. Eso dejaba a Nicolo.

Una llamada le confirmó que aún no había llegado; sólo quedaba ella. Pensó con celeridad y fue hacia el departamento legal, con la esperanza de que Marco ya los hubiera puesto a trabajar en aquel acuerdo de confidencialidad. Podría haberle dado un beso al hombre que se lo entregó sin ningún reparo. Luego pidió que localizaran a un notario y lo enviaran al almacén. De regreso a su oficina, luchó para no dejarse dominar por el pánico.

Ya sabía lo que iba a encontrar, a pesar de rezar para equivocarse. Britt estaba sentada en su sillón, con los pies sobre el escritorio y uno de los documentos personales abierto sobre el regazo.

—Déjalo —espetó con autoridad.

Britt simplemente sonrió.

—Vaya. Se te ve de mal humor. ¿Una mañana difícil?

—No te lo volveré a pedir, Britt.

—Es gracioso. No recuerdo que me lo pidieras la primera vez —bajó los pies al suelo, pero no cerró la carpeta—. Es una lectura fascinante.

Caitlyn extrajo el documento que había recogido del departamento legal y lo plantó frente a ella.

—He solicitado la presencia de un notario. Llegara en los próximos minutos. Cuando llegue, vas a firmar eso.

—A ver si lo adivino. Se trata de un acuerdo de confidencialidad —movió la cabeza—. Me temo que es demasiado tarde.

—Ya lo veremos.

—¿Sabes?, algo ha estado fastidiándome.

Caitlyn enarcó una ceja.

—¿Fastidiándote hasta lo más hondo? ¿No fue una de las frases que utilizaste en tu último artículo para *The Snitch*? Nada más leerlo, supe que tenías que ser tú. Utilizaste esa expresión la última vez que hablamos.

—Lo descubriste, ¿eh? —se encogió de hombros.

—¿Qué hiciste? ¿Escuchar detrás de la puerta cuando Lazz, Marco y yo tuvimos nuestro desacuerdo? Hay demasiadas citas precisas en el artículo para que pueda ser de otra manera.

—Todos me lo habéis puesto fácil. ¿Por qué no iba a aprovechar la oportunidad? –lo descartó con un gesto–. ¿Sabes?, durante un tiempo sentí curiosidad de por qué todo el mundo se agitaba tanto por mis historias. Quiero decir, ¿a quién le importa lo que publique *The Snitch* acerca de los Dante? Es publicidad gratuita. Desde luego, por lo que he visto y oído, no ha perjudicado las ventas.

—Está afectando la expansión de los Dante en el mercado europeo.

—Sí, Lazz fue lo bastante amable como para explicarme esa parte. Pero lo que más tardé en comprender era por qué le importaba a los Romano lo que apareciera en la revista. ¿Qué más les da a ellos?

—Están protegiendo su reputación.

Britt chasqueó los dedos.

—Nunca se han pronunciado palabras más ciertas. ¿Y te gustaría saber exactamente lo que protegen? –se inclinó sobre la mesa y murmuró–: Los Romano están en quiebra.

—Te lo estás inventando.

—No. Irónico, ¿verdad? –volvió a reclinarse en el sillón con las manos en la nuca–. Marco ha dedicado todo este tiempo y dinero para ganarse su patrocinio y los Romano no pueden permitirse ni el lujo de comprarse un anillo bañado en níquel, mucho menos un Dante original.

—¿Cómo vas a saber tú el estado de las finanzas de los Romano, Britt?

—Oh, tengo algunos contactos europeos. Según ellos, corren rumores de que Vittorio Romano ya lleva un tiempo en la ruina. Sin embargo, todavía tienen mucha influencia en Europa y han logrado acallar todos los rumores negativos. Pero eso no durará mucho –apoyó los dedos en la carpeta que tenía–. A menos, por supuesto, que decidan que Lazz debe respetar el pequeño contrato comercial que firmó su padre.

En ese momento Caitlyn tuvo una idea. No sólo para detener a Britt, sino para usarla tal como ella había estado usando a los Dante. Únicamente necesitaba unos minutos para organizar las diversas piezas hasta que formaran un todo lógico.

–No creo que a tus lectores les resulte interesante tu próxima historia –dijo con displicente serenidad–. Porque no vas a publicarla. De hecho, tus días de escribir sobre los Dante están a punto de acabarse.

–¿Y eres tú quien va a lograr eso? –inquirió con las cejas enarcadas.

–Bueno, tal como yo lo veo, los Romano, los mismos que tienen tanta influencia, disfrutarán de más contactos aquí de los que tú imaginas. Y adivino que no se van a sentir muy contentos cuando les cuente lo que estás a punto de hacer. Y apostaría que te vas a encontrar en una posición todavía más incómoda ahora que se ha descubierto que eres el topo de *The Snitch*. ¿De qué le vas a servir a la publicación cuando los Dante te despidan? ¿O te demanden por difamación?

Britt se encogió de hombros, aunque su cara reflejó cierta preocupación.

–Sigo contando con suficiente munición para vender.

–Terminará por acabarse –señaló Caitlyn–. Y entonces, ¿dónde estarás? Dudo que te mantengan en nómina cuando no tengas nada que ofrecer.

–¿He de pensar que esto conduce a alguna parte?

—preguntó Britt con astucia—. ¿Quizá a algún tipo de trato?

Caitlyn asintió.

—Deja en paz a los Romano, además de olvidarte del contrato que has descubierto, y yo te daré una historia final extraordinaria. Realmente especial.

—No sé... —acarició la carpeta que sostenía—. Esta historia es bastante especial. ¿Por qué iba a abandonarla?

—Ese contrato tiene veinte años. No vale ni el papel en el que está redactado. Y aunque los Romano sean importantes en Europa, el lector medio estadounidense no los conoce. Tu editor no va a pagarte mucho por esa historia. Créeme, Britt, la que tengo yo en mente es mucho mejor.

La avaricia brilló en los ojos de Britt.

—¿Cuánto mejor?

—Un sueño hecho realidad.

—¿Y por qué estás dispuesta a cambiarla por la de los Romano? —preguntó con suspicacia.

—Por un motivo, uno sólo. Salvará el acuerdo de Marco, y yo haría lo que fuera para ayudar a mi marido.

—Más vale que sea algo bueno, o lo contaré todo.

Caitlyn movió la cabeza.

—Vas a firmar el acuerdo de confidencialidad. Después de esta historia, dejarás de escribir sobre los Dante o sus asociados. Y no pretendas buscar algún resquicio legal para continuar con tu juego. Marco ha hecho redactar un documento hermético. Conociéndolos, es probable que ni siquiera puedas pronunciar el apellido Dante sin sufrir serias repercusiones.

Britt se humedeció los labios.

–¿Tan buena es tu historia? –al verla asentir, insistió–: Primero necesito una pista.

–Es justo. ¿Alguna vez has oído hablar del Infierno de los Dante?

–Una vez –repuso con cierto asombro–. Cuando le pregunté a Lazz sobre el tema, se cerró en banda y no le pude sacar ni una palabra.

–¿Trato hecho, entonces? –preguntó Caitlyn.

–Desde luego.

–Una pregunta más mientras esperamos al notario.

Britt hizo una mueca.

–Me la imagino. Quieres saber por qué. Vamos, Caitlyn, ¿por qué crees? –acarició los pendientes que lucía y sobre los que había alardeado durante aquella comida–. Me enfadé cuando Marco y Lazz no querían darme ni la hora y sólo tenían ojos para ti. Entonces llegué a la conclusión de que vender mis historias sería la única manera de tocar las joyas Dante, aunque no fueran las que en un principio tenía en mente –le guiñó un ojo.

El notario llegó un rato después y Britt firmó el acuerdo de confidencialidad. En cuanto volvieron a quedar a solas, le dijo:

–Para que lo sepas, voy a citarte palabra por palabra. Tu nombre va a aparecer en todo este artículo para que todos conozcan que fuiste tú quien traicionó a Marco y a la familia Dante. ¿Cuánto crees que durará tu matrimonio una vez que tu marido descubra lo que has hecho?

Caitlyn no albergaba ninguna duda. Duraría tanto como el futuro de Britt en Dantes.

Capítulo Diez

Había planeado contarle a Marco lo sucedido en el instante en que cruzara la puerta. Explicarle por qué lo había hecho. Pero cuanto más tardaba en llegar a casa, menos quería confesar sus pecados.

Las acciones de ese día, a pesar de que había tratado de justificarlas por el bien de los Dante, dañarían su relación con Marco, quizá de forma irreparable. Podía indicarle que había intentado elegir el menor de dos males, pero la verdad era que había cometido errores importantes a lo largo del camino, como ver a Britt a solas.

Y lo que era peor, le había hablado sobre el Infierno. ¿Entendería Marco que había revelado la información con la mejor de las intenciones? ¿Comprendería que había tenido un plan al hacer dicha revelación?

¿O pensaría que había antepuesto a una amiga a la lealtad a la familia, que las dudas que albergaba hacia el Infierno la habían llevado a ser indiscreta?

De pronto se dio cuenta de que eso no significaba que tuviera que contarle lo que había hecho en cuanto entrara en casa. La noche aún podía ser de ellos. Sólo debía guardar silencio hasta el día siguiente.

Oyó la llave en la cerradura y al rato su presencia llenó el piso en cuerpo y espíritu, desbordándole el corazón.

–¿Por qué estás a oscuras? –dejó las maletas dentro y cerró la puerta con el pie–. *Cara?* ¿Sucede algo?

–No –no podía hacerlo. No podía ocultarle lo que había hecho–. Sí.

Lo tuvo a su lado antes incluso de que las palabras hubieran abandonado sus labios. La rodeó con los brazos y, simplemente, se fundieron. Con un simple contacto le volvía su mundo del revés y convertía todo lo racional y seguro en un caos remolineante. Y con el siguiente contacto hacía que el mundo volviera a estar bien, la hacía comprender que su sitio era ése, próximo al corazón de él.

Se obligó a soslayar el anhelo que la embargó y a contarle lo que había hecho.

–Hoy ha sucedido algo y necesito hablarlo contigo.

–Para –la calló con un dedo en los labios–. He estado fuera una semana. Lo primero es lo primero.

Le tomó el rostro entre las manos y se lo alzó para un beso. Con un gemido suave, se abrió para él. Al menos en ese apartado, cuando se unían de esa manera, estaban perfectamente sintonizados. Deseó que pudiera ser suficiente. Con un suspiro de pesar, giró la cabeza.

–Necesitamos hablar primero. Luego podemos tener sexo –siempre y cuando todavía Marco quisiera.

–No.

–¿No? –lo miró sorprendida

–No, maldita sea. No es sólo sexo y tú lo sabes. Siempre ha sido mucho más.

–El Infierno.

–¿Tanto te cuesta aceptarlo?

–Es gracioso que lo menciones. Yo…

Le tomó la mano y unió sus palmas.

–Dime que no sientes eso.

Caitlyn cerró los ojos. El calor le invadió el centro de la mano, penetrándola y extendiendo el deseo por todo su cuerpo.

–Eres tú. Sólo tú.

–Algún día admitirás la verdad.

–Marco…

–Luego. Ahora mismo te voy a demostrar que te equivocas. Y si no lo ves, volveremos a empezar.

La alzó en vilo y la llevó al dormitorio. Abrazados, cayeron juntos sobre el colchón. Le mordisqueó el labio inferior antes de seducirla con besos lentos y embriagadores.

–No, es mi turno –dijo ella cuando quiso ayudarla en la tarea de quitarle la corbata y la camisa.

Nunca se cansaba de mirarlo, de tocar esos deliciosos contornos masculinos.

Marco permanecía silenciosamente atento, sin que su expresión revelara nada. Caitlyn sabía que permanecería impasible poco tiempo. Bajó la cabeza para darle besos por el centro del torso. Luego fue más abajo. Sin decir una palabra, le soltó el cinturón y lo desnudó. Y después le ofreció el beso más íntimo de todos.

Oyó el gemido ronco, el sonido estrangulado que hizo cuando intentó pronunciar su nombre. Cerró los dedos en su cabello. Resistió el tirón, centrada en darle tanto placer como él le había ofrecido en las últimas semanas. Pero entonces el tono cambió y se convirtió en una demanda que a ella le fue imposible resistir.

La subió al tiempo que eliminaba las pocas prendas que Caitlyn aún llevaba. Ella esperaba que la poseyera entonces, con frenesí y rapidez. Marco debió de leerle los pensamientos, porque negó con la cabeza.

–No puedo –le dijo–. Esto es demasiado importante para precipitarlo. ¿No lo entiendes? Quiero que los momentos que pasamos juntos duren, para poder atesorar cada uno de ellos. Son hermosos e íntimos. Son los momentos en que me siento más cerca de ti. ¿Por qué voy a precipitarlos? No es así como te deseo. Nunca lo ha sido.

Pasado un instante, la confusión se evaporó del rostro de Caitlyn.

–Volvemos a bailar, ¿no? –preguntó con súbita comprensión–. El objetivo no es llegar al punto Z.

Él sonrió.

–No, no lo es. Los más importantes son todos los puntos intermedios.

En los ojos de ella danzó la diablura.

–¿Estás seguro?

Él le besó la curva suave de un pecho.

–El punto Z es inevitable en todas las cosas, no sólo haciendo el amor. Pero para disfrutar plenamente la culminación, hay que saborear cada paso dado. Y eso es lo que planeo para esta noche. Saborearte, *cara*.

–Oh, Marco.

Las lágrimas danzaron en sus ojos y él vio algo en ellos por lo que había esperado mucho tiempo. Se preguntó si ella al fin admitía que lo amaba. O si el miedo le impediría reconocerlo tal como le impedía admitir la verdad acerca del Infierno.

Si Caitlyn no era capaz de verlo, tendría que enseñárselo de todas las maneras posibles.

Lo llamó con suma dulzura a medida que se acercaba el clímax, y esa noche la canción que cantó al lanzarse al vacío no se pareció a ninguna que Marco hubiera oído con anterioridad. Quería pasar una vida entera provocándosela. Moviéndose a su ritmo. Haciéndole el amor. Creando inagotables armonías que la acompañaran.

La noche llenaba la habitación cuando intercambiaron un beso largo y lento antes de caer en un sopor extenuado. Acarició la espalda de su mujer y la arrimó contra él. Ella se acurrucó encantada y apoyó la cabeza en el hueco de su brazo.

Murmuró algo en sueños, algo muy parecido a «Te amo, Marco».

–Yo también te amo, *cara* –susurró. Y entonces se quedó dormido.

Poco después del amanecer, el suave zumbido de su teléfono móvil lo sacó de un sueño apacible. Maldiciendo para sus adentros, se separó con cuidado de su esposa y recogió el aparato. Luego fue desnudo al salón.

–Más vale que sea importante –gruñó.

–¿Dónde está Caitlyn? –preguntó Nicolo en italiano.

–En el mismo lugar donde debería estar yo –respondió también en la misma lengua–. En nuestra cama. Dormida.

–Escucha, debes venir a Dantes. Tenemos un problema.

–¿Qué tiene que ver con Caitlyn?

–¿Cómo sabes…?

–Has preguntado dónde estaba, lo cual implica que la involucra a ella –ante el silencio de su hermano, espetó–: ¿Es así?

–Te lo explicaremos cuando llegues aquí.

–Me lo explicarás ahora –soltó, agotada la paciencia.

–No puedo. No lo haré. Hay algo que tienes que ver. Leer.

–Y sea lo que fuere eso, ¿tiene algo que ver con Caitlyn?

–Sí –Nicolo hizo una pausa–. Marco, te agradeceríamos que no le mencionaras esta reunión a tu esposa.

No tenía idea de lo que estaba sucediendo, pero supo que no iba a gustarle nada lo que tenían que contarle sus hermanos.

Después de vestirse en silencio, le escribió una nota rápida a Caitlyn, por si despertaba antes de que él volviera, en la que le informaba de que estaría ausente una o dos horas. Luego se marchó.

Sus tres hermanos lo esperaban sentados a la mesa de reuniones adyacente al despacho de Lazz. Los examinó uno a uno. Sev parecía preocupado. Lazz también, y eso lo preocupó, ya que sospechaba que su gemelo aún albergaba sentimientos hacia Caitlyn, por lo que, si se había puesto del lado de Sev y de Nicolo, no presagiaba nada bueno para ella. Y lo peor de todo era que Nicolo, la persona encargada de resolver los problemas de la familia, echaba chispas por sus ojos negros.

Éste fue quien le deslizó un ejemplar del último número de *The Snitch* por el cristal ahumado de la mesa.

–Salió ayer, antes de que Lazz y tú regresarais a casa. Léelo.

Marco le dedicó toda su atención al artículo. Con cada palabra que leía, la furia bullía con más intensidad en su interior.

–¿Qué diablos es esto? –demandó–. ¿Cómo han podido saber lo que pasó aquel día en el despacho de Lazz? Sólo éramos tres...

–Exacto –corroboró Nicolo.

–No podéis pensar... –lo pensaban. Hasta el último de ellos–. Imposible. Es imposible que Caitlyn le entregara esa información a *The Snitch*. No lo haría.

A continuación Nicolo le deslizó varias hojas grapadas.

–Ahora lee eso. Supongo que no tenías que verlo hasta el lunes. Pero hoy vine al trabajo para dejar algunos documentos en tu despacho y las encontré sobre tu escritorio.

A regañadientes, recogió los papeles. *El Infierno de los Dante*, gritaba el título. *La esposa de Marco lo cuenta todo*. Leyó hasta la última palabra. Los matices. Las interminables citas. La burla subyacente que se pegaba como el cieno a cada frase. Y en todo momento buscó palabras clave como «fantasía», «superstición» o «cuento de hadas», pero no las encontró. Respiró hondo antes de mirar a sus hermanos.

–¿Y? –se encogió de hombros–. Ella no lo hizo, si es lo que queréis saber.

Nicolo empujó su sillón para atrás.

–¿Cómo puedes decir eso? –replicó disgustado–. ¿Porque es tu novia del Infierno? ¿Porque en cuanto ha sido golpeada por la maldición de la familia, no soñaría con traicionarnos?

–Bendición –dijeron al unísono Marco y Sev.

Nicolo soltó un juramento.

–Esto es serio. Sólo estabais tres en la oficina de Lazz el día de esa discusión. Lazz ha dicho que gran parte de lo que cita *The Snitch* es exacto.

–Lo es –confirmó Marco.

–Ahora tenemos una copia del siguiente artículo y en él vuelven a citar a Caitlyn.

–Eso no significa…

–¡Llamé a la revista, Marco! Han reconocido que es el mismo artículo que su reportera les ha entregado, aunque se negaron a identificarla. Planean contar esta historia en el número siguiente. ¿Sigues diciéndome que Caitlyn es inocente?

–Eh, chicos… –comenzó Lazz.

Marco lo hizo callar con un gesto y se puso de pie.

–¿Quieres que explique cómo sé que no está involucrada?

–Oh, por favor –Nicolo cruzó los brazos–. Esto tengo que oírlo.

–Perfecto. Te lo diré –plantó las manos sobre la mesa y habló con absoluta convicción–. Sé que Caitlyn no lo hizo porque conozco a mi esposa. No por el Infierno, sino porque he vivido con ella. He trabajado con ella. He pasado tiempo con ella. Y es tan honesta, decente y honorable como largo es el día. Nada de lo que digas podrá convencerme de que nos ha traicionado.

–Marco…

–Mantente al margen de esto, Lazz –clavó la vista en Nicolo–. ¿Hemos terminado ya?

La sonrisa de Nicolo fue más implacable que nunca.

–No estoy seguro. ¿Por qué no se lo preguntas a tu esposa?

Marco se paralizó. ¿Caitlyn estaba allí? Se preguntó por qué no había sentido su presencia. Antes de ese momento, el Infierno siempre había funcionado como un sistema de advertencia. Giró y la vio allí de pie. No podía tener peor aspecto.

–*Cara?* ¿Qué haces aquí?

–Marco –susurró.

Y entonces lo supo.

Él había creído en ella.

A Caitlyn le costó no ponerse a llorar. Durante todas las semanas del matrimonio, había anhelado tener pruebas de que lo que sentía por ella emanaba de algo más que el Infierno. Y en ese momento, al fin, Marco había hecho precisamente eso. Qué amarga ironía que se hubiera equivocado.

–Puedo explicarlo –dijo–. Britt Jones es el topo.

–Y le hablaste a Britt del Infierno.

–Sí. Había descubierto algunos documentos que yo tenía. Documentos personales de tu padre –miró fugazmente a Lazz y en su cara vio una comprensión horrorizada–. Le... le cambié la información.

–¿Le entregaste el Infierno? –interrumpió Nicolo con furia–. ¿Por qué demonios hiciste algo así? ¿Qué podía haber en esos documentos que te impulsara a creer que sería más ventajoso contarle cosas privadas de los Dante?

–Se trataba de una información delicada sobre los Romano y vuestro padre –Lazz quiso ponerse a dar explicaciones, pero lo cortó. Los detalles del contrato no importaban. Necesitaba que Marco entendiera la situación imposible en que se había encontrado y que la llevó a tomar su decisión–. Al leer el último número de *The Snitch*, me di cuenta de que la responsable de las filtraciones era Britt. No podría haber sido nadie más. Juro que hasta entonces no había sabido que era ella. Cuando la acusé, lo admitió.

–¿Por qué demonios no nos lo contaste a alguno de nosotros? –preguntó Marco.

–Lo intenté, pero no encontré a ninguno. Ni siquiera a Nicolo. Britt tenía información sobre la situación actual de las finanzas de los Romano. Marco… Marco, están en la ruina.

–Ya lo sabemos –respondió con voz fría y distante–. Lo que buscamos es su buena voluntad. Su apoyo, sus contactos. Su linaje.

Sev alzó las manos.

–Marco, tienes que subir a un avión e ir a hablar con Vittorio. Ya. Ponlo al tanto de todo lo del Infierno antes de que lo lea.

–Me marcharé de inmediato.

–Marco… –simplemente, él movió la cabeza y se marchó de la sala. Lo siguió, desesperada por intentarlo otra vez–. Marco, por favor. Dile al señor Romano que ésta será la última historia. Hice que Britt firmará un acuerdo de confidencialidad.

Se volvió para encararla.

–¿Por qué no me lo contaste antes? ¿Anoche, por ejemplo?

–Iba a decírtelo. Pero nos… nos distrajimos.

–Ahora no tengo tiempo. Lo arreglaremos cuando vuelva.

No podía dejar que se marchara. No de esa manera, porque entonces la grieta entre ellos no se cerraría.

—Escúchame. Tengo una idea para darle la vuelta, para usar esto como un instrumento de marketing.

Él se puso rígido.

—El Infierno no es algo que se pueda utilizar, Caitlyn. No es un ardid comercial para vender joyas Dantes. Imaginaba que ya lo habrías entendido.

—Lo… lo sé.

Se acercó, quemando prácticamente el aire con su ira.

—No, es evidente que no. Y ahí radica todo el problema. Pareces pensar que se trata de una historia divertida que contamos tomando unas copas. No lo es. El Infierno va hasta el mismo corazón de quienes somos y de lo que somos. Es parte de nuestra herencia.

Sin éxito, Caitlyn intentó contener las lágrimas.

—Marco, lo siento mucho. Tuve que tomar una decisión a toda velocidad. Ahora comprendo que fue la errónea.

Él movió otra vez la cabeza.

—Desde el principio lo has tratado como si fuera un estúpido cuento de hadas. Sin importar lo que te he dicho, las veces que te lo he explicado, te niegas a entender su verdadero sentido.

—Entiendo que es importante para ti. De verdad.

—Sigues sin captarlo, Caitlyn. El Infierno es parte de mí. No puedes arrancármelo como una mala hierba que te desagrada. Cuando niegas esa parte de mí, me niegas a mí.

—No, yo…

Cortó su protesta.

—El momento para la discusión se ha acabado. Te has negado a aceptar el Infierno desde el comienzo.

Pensé que con el tiempo terminarías por entenderlo, que verías que formaba tanto parte de ti como de mí –el cansancio se asomó a sus ojos–. Pero no es así, ¿verdad? No crees. Me complaces como si fuera un necio. Pues se acabó –hizo un gesto cortante con la mano–. Se acabó.

Se marchó sin mirar atrás.

Y en todo momento, ella no dejó de frotarse la palma de la mano derecha con el pulgar de la izquierda.

Capítulo Once

Los siguientes tres días fueron un infierno para Caitlyn, llenos de horas interminables en que repasaba cada decisión tomada, cada palabra de cada conversación, y también los últimos minutos con Marco. Analizó todas las elecciones alternativas que hubiera podido realizar y todos los escenarios posibles que hubieran resultado de dichos cambios. Pero sin importar el camino tomado, no se le ocurría ni uno solo que hubiera mejorado el resultado final.

Salvo si le hubiera dicho a Marco que lo amaba.

Cerró los ojos angustiada. Quizá eso hubiera marcado una diferencia. Quizá eso lo hubiera enfurecido menos. Tal vez entonces el Infierno no hubiera sido una montaña insalvable entre ellos. Sólo el tiempo revelaría si serían capaces de encontrar un modo de escalar esa montaña. Pero con cada día que pasaba, las dudas se incrementaban y la esperanza decrecía.

–¿Caitlyn? –Nicolo se apoyó en el marco de la puerta de su despacho–. Lazz me ha dicho que tenía que venir a hablar contigo. Que es urgente.

Ella no se molestó en ocultar su alivio.

–Nadie ha estado predispuesto a escuchar, y no queda mucho tiempo.

–Sí, bueno –se encogió de hombros–. Algunos de

nosotros no estamos muy contentos con tus esfuerzos de salvarnos de Britt.

–¿En serio? –quizá, si no hubiera estado tan cansada, preocupada o, simplemente, indignada, no se habría permitido perder el control. Pero habían sido unos días duros y la expresión de Nicolo la enfadó. Fue hacia él–. ¿No es interesante que ninguno de vosotros lograra descubrirla y ocuparse de ella? Ninguno de vosotros se vio obligado de forma repentina a trazar un plan para frenar a Britt. Sin embargo, os mostráis encantados en señalar cada uno de mis errores. Después de cometerlos, por supuesto –plantó las manos en las caderas–. Bueno, pues yo no pienso que haya cometido un error. ¿Qué te parece eso? Y ahora, ¿quieres entrar y enterarte de lo que tengo en mente para salvar esta situación? ¿O vas a dejar que gane *The Snitch*?

Una leve sonrisa apareció en la expresión severa de Nicolo.

–De acuerdo –entró y ocupó el sillón frente a su mesa–. Siempre me interesa escuchar soluciones creativas para problemas imposibles. Cuéntame tu idea.

En vez de regresar detrás del escritorio, se dejó caer en el sillón al lado de él.

–Es bastante sencilla. El día en que salga la revista, el mismo día, emitimos un comunicado de prensa. Aceptamos todo lo que expone *The Snitch*. Que existe un Infierno. Que cuando golpea los Dante se unen de por vida y que es una conexión entre almas gemelas.

–Siento curiosidad –ladeó la cabeza y clavó sus penetrantes ojos en ella–. ¿Has perdido la cabeza?

–Espera, Nicolo –soltó. Para su sorpresa, fue lo

que él hizo–. Y luego decimos que el Infierno es parte de lo que hace que las joyas Dantes sean tan espectaculares y especiales. Le decimos a todas esas mujeres que darían cualquier cosa para experimentar el Infierno que no sólo es real, sino que todo lo que Dantes toca está impregnado con su pasión... desde el brazalete y el collar que adornan el brazo y el cuello de una mujer, hasta los anillos de pedida con diamantes de fuego que un hombre pone en el dedo de su prometida.

Nicolo se irguió y su mirada se agudizó.
–Maldición.
–Exacto.
–No, en serio. Maldición. Eso podría funcionar –reflexionó y asintió–. ¿Se te ocurrió mientras negociabas con esa mujer? ¿Al vuelo?
–Sí.
–¿Sabes lo que pienso?
–Ni idea.
La sonrisa de él se amplió.
–Creo que tu talento está completamente desperdiciado en el departamento de finanzas.

Marco llegó a San Francisco tan agotado que apenas se podía mantener en pie. En la semana que llevaba ausente, su furia se había enfriado, pero no el dolor causado por la decisión de Caitlyn. Había soportado innumerables llamadas de sus hermanos, al igual que de Francesca, Primo y Nonna. Todos habían sido claros en exponer que Caitlyn había tomado medidas desesperadas para proteger Dantes. Y hasta el último de ellos apoyaba la decisión de su esposa.

Y al final tuvo que reconocer que también él lo hacía. Después de todo, la amaba y estaba decidido a encontrar una manera para que el matrimonio funcionara.

Para su alivio, Lazz lo esperaba más allá del control de aduanas, aunque el alivio se convirtió en irritación cuando se puso a hablar de Caitlyn nada más arrancar el coche.

–Lo que pareces no entender, Marco, es que tenía un plan para hacer que cualquier cosa que publicara Britt sobre el Infierno se volviera a nuestro favor. Bueno, ésa es Caitlyn. Siempre tiene un plan.

–¿Y cuántas veces voy a tener que decirte –repuso Marco con frialdad– que el Infierno no es un ardid de marketing?

–Todavía no has oído su idea.

Se pasó la mano por la cara para tratar de eliminar el cambio horario y centrarse.

–No, tienes razón. Cuéntamela –Lazz le dio los detalles y Marco apoyó la cabeza en el respaldo mientras los absorbía–. No está mal –concedió al final.

–¿No está mal? ¿Bromeas? Las mujeres correrán a las joyerías –afirmó Lazz con entusiasmo–. Todas querrán su pequeña parte del Infierno. En *The Snitch* se pondrán furiosos por cómo le hemos dado la vuelta a la situación.

–Aun así… –Marco movió la cabeza–. Ya sabes lo que pienso acerca de beneficiarnos del Infierno. Y te garantizo que Primo siente lo mismo.

Lazz estudió a su hermano.

–Lo he estado meditando. En serio. La idea de Caitlyn no es un ardid grosero y temerario. Es más delicada que lo que tú insinúas. Es casi…

–¿Qué?

–Es como si creyera en el Infierno.

–Hablamos de Caitlyn, ¿verdad?

–Es lo que hace que resulte asombroso –confirmó Lazz–. No es una campaña dura de ventas. Es dulce y romántica. Y honesta.

–¿Honesta? ¿Cómo? –quiso saber Marco, intrigado.

–Bueno, para empezar, si de verdad crees en el Infierno...

–Creo.

–Entonces debes creer que nuestras joyas están imbuidas de un destello de la pasión del Infierno. Piénsalo. ¿Francesca no ideó los diseños más espectaculares después de enamorarse de Sev? ¿Primo no le atribuye a Nonna la inspiración de sus mayores logros? ¿No crees que el Infierno influyó en ellos, aportó algo de pasión a la obra que crearon?

Marco no pudo negarlo.

–¿De verdad piensas que fue lo que la inspiró para inventarse esa campaña de marketing?

Lazz se encogió de hombros.

–¿Tienes una explicación mejor?

–No.

De pronto, tuvo una idea. Cuanto más reflexionaba en la posibilidad, más viable le parecía. Le ofrecía lo mejor de los dos mundos, y también una vía para solucionar los problemas de ambos al tiempo que convencía a su esposa de que no sólo la amaba en cuerpo y alma, sino que también ella lo amaba.

En cuanto perfiló todo mentalmente, se volvió hacia Lazz.

–Hay algo que debemos arreglar, un pequeño apéndice a la idea de Caitlyn.

Su hermano lo miró.

–Diablos, Marco. Conozco esa expresión. Se la veo a Nicolo cada vez que se le ocurre algo descabellado. Sea lo que sea, olvídalo.

–Ni lo sueñes. Si funciona, aparte de garantizarnos el éxito de Dante, le demostrará a mi querida, terca y pragmática esposa, diablos, a todos los incrédulos, que el Infierno existe de verdad.

Lazz suspiró.

–La idea no me va a gustar, ¿verdad?

–Ni un poquito –pero era el plan más importante que había trazado jamás… con la excepción de la noche en que convenció a Caitlyn de casarse con él–. La sincronización es vital.

–Es lo mismo que dijo tu esposa.

–No, hablo de que necesitamos calcular el momento de nuestra llamada a Britt Jones con sumo cuidado.

–¿Qué llamada? –preguntó Lazz alarmado.

–Ésa en la que le doy un adelanto de nuestro nuevo plan de marketing.

–¿Qué?

–Si Britt responde del modo en que espero que lo haga, no sólo se duplicarán nuestras ventas, sino que mi esposa comprenderá que el Infierno no es ninguna fantasía.

Los acontecimientos tuvieron lugar tal como Caitlyn predijo. El comunicado de prensa de Dantes horas después de que saliera la revista invirtió toda la marea negativa. De hecho, la historia despertó la atención de los medios y recibió una cobertura sin igual.

Gracias a ello, los departamentos de marketing y de relaciones públicas organizaron una conferencia de prensa a la que asistieron todos los Dante, incluida Caitlyn, quien sabía que tendría que soportar su buena dosis de preguntas.

Lo que no había previsto era ver a Britt entre la prensa, acompañada de un fotógrafo de *The Snitch*. Su ex amiga la saludó con un gesto de la mano y pareció encantada ante la consternación que detectó en ella.

—No le hagas caso —le recomendó Francesca—. Sólo está aprovechando sus cinco minutos de fama. Ni siquiera gozará de los quince minutos habituales.

—Después del resultado de la historia del Infierno, habría pensado que éste sería el último lugar en el que desearía aparecer —giró la cabeza—. Lazz da la impresión de que desea matarla. Creo que la traición lo afectó tanto como a mí —se mordió el labio—. ¿Sabes cuándo vuelve Marco de Italia? Esperaba que estuviera aquí para ver esto.

Francesca la miró de forma extraña.

—Sev me comentó que había regresado anoche. ¿No te…? —calló al ver la expresión de su cuñada—. Oh, no. ¿No fue a casa? Caitlyn, lo siento mucho.

Como si la conversación lo hubiera invocado, apareció en el extremo opuesto del estrado. Ni siquiera miró en su dirección, y Caitlyn contuvo el aliento. Se afanó en refrenar las lágrimas. Necesitaba calmarse. No se atrevía a revelar delante de tantos testigos la angustia que la embargaba.

Los siguientes minutos pasaron como en una neblina, entre preguntas y respuestas. Hasta que Britt se adelantó y Caitlyn recuperó de repente toda su concentración.

—Hola, Marco —lo saludó Britt—. Sólo quería darte las gracias por tu llamada de ayer.

Caitlyn miró en la dirección de él.

—¿Sabías algo de esto? —le susurró a Francesca.

—No —murmuró su cuñada—. Sev no me dijo ni una palabra. Y a juzgar por la expresión de la cara de mi querido marido, tampoco él lo sabía.

Britt siguió dirigiéndose a Marco.

—Una de las cosas que dijiste durante nuestra conversación era que no había ninguna manera de probar o refutar el Infierno. Veamos. ¿Cómo lo expusiste? Algo así como que ahí radica la belleza del engaño de tu familia —rió—. Perdón. Me refiero a la leyenda de tu familia.

—Creo que dije que tú no podías refutarlo. Deberías esforzarte en ser más precisa cuando citas a las personas. He notado que es un problema constante en ti.

Caitlyn cerró los ojos. ¿Es que no sabía aún lo vengativa que era Britt?

Como si le leyera los pensamientos, Britt mostró los dientes.

—Bueno, sorpresa, sorpresa. He encontrado una manera de refutarlo. Tu departamento de marketing afirma que un poco de ese Infierno impregna cada pieza de joyería que vendéis... —se tocó los pendientes—. Pero no creo que puedas demostrarlo conmigo.

—Supongo que hay algunas personas a las que ni siquiera el Infierno puede ayudar —replicó Marco.

La sonrisa de Britt se desvaneció.

—Bueno, pues a mí me gustaría que demostraras el Infierno aquí y ahora.

Marco se cruzó de brazos.

—No seas ridícula, Britt. ¿Cómo se supone que vamos a hacer eso?

—No, no, no –musitó Caitlyn–. Le está haciendo el juego.

Para su sorpresa, Francesca comenzó a sonreír.

—No estés tan segura. Tengo la impresión de que tu marido tiene calada a esa mujer mejor que tú.

Britt subió al estrado con expresión satisfecha.

—Da la casualidad de que tengo la respuesta aquí mismo –abrió un bolso muy voluminoso que llevaba al hombro–. Sugiero que hagamos una sencilla prueba. Lazz y tú sois gemelos. Me gustaría ver si tu esposa reconoce quién es quién con el único recurso del Infierno.

—Puedo hacerlo –le dijo Caitlyn a Francesca–. Es sencillo.

Como si Britt hubiera oído, sacó una capucha y unos tapones para los oídos.

—Sin el uso de sus ojos u oídos, desde luego –los allí reunidos mostraron su interés y Britt se dirigió a ellos–. Yo misma los he probado. No podrá ver ni oír nada. Entonces quiero que Marco y Lazz se pongan delante y, si ella es capaz de elegir al hermano correcto, me retractaré de todo lo negativo que haya dicho alguna vez sobre los Dante.

—Interesante, pero... –Marco movió la cabeza–. No es un trato demasiado interesante. Creo que deberíamos ir por todo.

—¿Oh? –preguntó entre curiosa y divertida–. ¿Quieres subir las apuestas?

—Por supuesto. ¿Qué opinas de esto? Si pierdes, quiero hasta la última pieza de las joyas Dante que posees. Incluso te retribuiré lo que pagaste por ellas

–tapó el micro con la mano y el tono ligero se desvaneció y adquirió un deje peligroso–. Verás, Britt, no quiero que luzcas nada creado por nosotros. Más aún, a partir de hoy tienes prohibida la entrada en cualquier tienda Dantes.

La humillación le encendió los pómulos.

–Y si gano yo, quiero que todos reconozcáis que este asunto del Infierno no es más que un fraude publicitario –anunció con voz sonora–. Y que rompáis mi acuerdo de confidencialidad. He decidido que hay algunos artículos más que quiero escribir sobre los Dante.

–No tengo ningún problema con eso –dijo, encogiéndose de hombros.

Miró a Caitlyn por encima de los hombros de Britt. Ella le devolvió la mirada, esperando ver la furia y la desilusión de cuando se habían separado a comienzos de la semana. Pero no encontró ni rastro. En su lugar vio una certeza serena que volvió a humedecerle los ojos. No le cupo duda de que Marco creía en ella, sin vacilaciones o excepciones. Antes de poder hacer otra cosa que mirarlo aturdida, Britt se plantó a su lado.

–Voy a poner a Lazz y a tu marido delante de ti. Cuando te toque el hombro, señalarás a la izquierda o a la derecha a tu marido –entonces susurró para que nadie pudiera oírlas–: Cuando pierdas, lo primero que verás será mi expresión de triunfo y lo primero que oirás será mi carcajada.

Entonces, supervisó que le colocaran los tapones y la capucha antes de situarla en el centro del estrado.

Hubo una demora interminable en la que Caitlyn

percibió movimiento a su alrededor. Y durante todo ese tiempo, permaneció totalmente paralizada por el pánico.

¿Qué pasaría si elegía mal? Laboralmente, todo se desmoronaría. Pero lo peor de todo era que Marco comprendería que no era su novia del Infierno.

¿Por qué lo había hecho? Porque la había mirado con suma seguridad, a rebosar de… amor. Se puso rígida. Eso era lo que había visto cuando la miró. No sólo confiaba y creía en ella, sino que la amaba. Y debido a ese amor, ese hombre chiflado estaba convencido de que podría sentirlo a través de la capucha y de los tapones para los oídos, a través de todo lo que los separaba. ¿Se había vuelto loco?

Únicamente se le ocurría una manera de que eso pudiera funcionar. Sólo podía confiar en sí misma para percibir a su marido, como había hecho el día en que había almorzado con Nonna y Francesca. Y esperar que el Infierno la ayudara milagrosamente a distinguirlo de Lazz. Entonces comprendió que depositaba su fe en algo que siempre había insistido en que no existía.

En algún momento de su matrimonio, había empezado a creer en el Infierno. A aceptarlo como una realidad en vez de una ficción, un cuento de hadas. Fuera lo que fuera, podía sentir que la conectaba con Marco como un medio vivo de transmisión.

Britt le tocó el hombro. Caitlyn no tenía ni idea de por qué había tardado tanto, aunque no importaba. Cerró los ojos a pesar de llevar la capucha y se centró en Marco. Al hacerlo, la invadieron los recuerdos.

Marco ofreciéndole la mano en el vestíbulo de

Dantes y los dos experimentando aquella sorprendente descarga eléctrica inicial. Marco en la terraza de Le Premier, besándola por primera vez mientras fingía ser Lazz. La boda, momento en que la miró con tal pasión que temblaba con sólo recordarlo. La noche nupcial, tan hermosa que formaría parte integral de ella hasta el día de su muerte. Todas las noches de intensa pasión vividas desde entonces. Y, por último, Marco mirándola antes de que Britt le pusiera la capucha.

Lleno de fe. De amor.

Se abrió a su marido y se sintió confusa al no sentir a ninguno de los hermanos delante de ella. Y entonces experimentó el cosquilleo de percepción, pero a su derecha. Se volvió. Titubeó. Sintió el nítido palpitar en la palma de la mano. Y entonces ya no vaciló más. Fue en línea recta hacia su marido.

Los brazos de Marco la rodearon y la alzaron. Luego le quitó la capucha y con gentileza le sacó los tapones de los oídos.

–¿Alguna pregunta más acerca de si el Infierno existe? –le preguntó con una amplia sonrisa.

–Ninguna –le rodeó el cuello y lo besó mientras a su alrededor los vitoreaban–. Te amo, Marco.

–Yo también te amo, *cara*, desde el primer momento en que nos tocamos. Para el resto de nuestra vida, eres mi esposa del Infierno.

–No querría ser otra cosa –apoyó la cabeza en su hombro–. Sólo tengo dos preguntas.

–¿Cuáles?

–¿Por qué no viniste a casa anoche?

–Porque habría querido demostrarte de una vez por todas que te amo y que el Infierno existe. Pero comprendí que era más importante que lo descubrieras por ti misma. Necesitaba que confiaras en mí sin las palabras. Que confiaras en tus sentimientos por mí.

–Confío en el Infierno.

–Sí –le apartó el cabello de la cara–. ¿Y la otra pregunta?

–¿Por qué tardasteis tanto en iniciar el experimento de Britt?

–Oh, eso. Mis hermanos no estaban muy contentos con que Britt cambiara las reglas en el último instante. Cuando colocó a Lazz y a Nicolo delante de ti, casi se monta un disturbio. Los presentes incluso abuchearon.

–Pero tú no –conjeturó con perspicacia.

–Sabía que me encontrarías.

Lo abrazó con más fuerza.

–Y ahora que lo he hecho, no pienso dejarte ir nunca.

Epílogo

Pasó una semana hasta que Caitlyn recordó otra cosa que había encontrado en la condenada caja de documentos personales. En cuanto lo hizo, fue directamente al despacho de su marido.

–Marco, hay algo que debes saber. Algo importante –le ofreció una sonrisa de disculpa–. Te lo habría dicho antes, pero…

Divertido, él enarcó una ceja.

–¿Has estado un poco distraída?

¿Cómo no estarlo después de la semana maravillosa que habían compartido?

–Sí –se mordió el labio inferior.

–Pero antes de centrarnos en los negocios, tengo un regalo para ti –extendió un estuche que había envuelto en persona–. Una advertencia: resplandece.

–Oh, Marco, no tienes que comprarme joyas.

–Te compraré joyas –le aseguró–. De hecho, tengo la intención de cubrirte con diamantes de fuego. Pero esto… es diferente.

Sin decir otra palabra, lo aceptó. El peso la sorprendió y lo abrió, sacando un estuche de terciopelo. Después de alzar la tapa, observó el contenido y comenzó a reír. Le había comprado un precioso pisapapeles de cristal. Y flotando en su interior, como centelleantes burbujas diamantinas, estaban todas las joyas Dantes que habían sido de Britt. Abrazó a su marido y lo besó.

Él le tomó la boca con una serie de besos profundos y prolongados. A Caitlyn le pareció maravilloso, ya que no quería contarle que había encontrado pruebas de que los Dante quizá no fueran los únicos propietarios legales de la mina de diamantes de fuego.

Más tarde. Más tarde le hablaría de los hermanos O'Dell, los dueños originales de la mina. Y le contaría la posibilidad de que la nieta de Cameron O'Dell, Kiley, pudiera tener un derecho legítimo a la mitad de la mina. O quizá pusiera a Nicolo en el caso. Después de todo, él era el solucionador de problemas de la familia, no Marco.

Su marido apartó la cara con una sonrisa traviesa.

–Bueno, ¿qué sucede?

–Nada importante –lo abrazó con más fuerza y alzó el rostro para recibir otro de sus embriagadores besos–. Al menos, nada tan importante como esto.

La expresión de él se suavizó y sus palabras fueron lo último que Caitlyn oyó antes de caer en el futuro dorado que se extendía ante ella.

–Nada será jamás tan importante como lo mucho que nos amamos.

En el Deseo titulado
Marcados a fuego, de Day Leclaire,
podrás continuar la serie
LLAMAS DE PASIÓN

Deseo™

Tentar al destino
Yvonne Lindsay

Cuando faltaban nueve días para la boda, el prometido de Gwen Jones desapareció de pronto llevándose su cuenta bancaria. Ahora, para salvar su casa, Gwen tenía que casarse con el empresario Declan Knight, el hombre con el que compartió en el pasado una tórrida noche de pasión.

Declan necesitaba casarse para tener acceso a su herencia, así que ideó un plan que incluía a Gwen, a pesar de que había prometido mantenerse lejos de ella. Pero todavía tenía que convencer a su familia de que la farsa era real, lo que significaba meter a Gwen en su dormitorio y renunciar al control que tanto trabajo le había costado mantener.

El matrimonio era su única opción

¡YA EN TU PUNTO DE VENTA!

Acepte 2 de nuestras mejores novelas de amor GRATIS

¡Y reciba un regalo sorpresa!

Oferta especial de tiempo limitado

Rellene el cupón y envíelo a
Harlequin Reader Service®
3010 Walden Ave.
P.O. Box 1867
Buffalo, N.Y. 14240-1867

¡Si! Por favor, envíenme 2 novelas de amor de Harlequin (1 Bianca® y 1 Deseo®) gratis, más el regalo sorpresa. Luego remítanme 4 novelas nuevas todos los meses, las cuales recibiré mucho antes de que aparezcan en librerías, y factúrenme al bajo precio de $3,24 cada una, más $0,25 por envío e impuesto de ventas, si corresponde*. Este es el precio total, y es un ahorro de casi el 20% sobre el precio de portada. ¡Una oferta excelente! Entiendo que el hecho de aceptar estos libros y el regalo no me obliga en forma alguna a la compra de libros adicionales. Y también que puedo devolver cualquier envío y cancelar en cualquier momento. Aún si decido no comprar ningún otro libro de Harlequin, los 2 libros gratis y el regalo sorpresa son míos para siempre.

416 LBN DU7N

Nombre y apellido	(Por favor, letra de molde)
Dirección	Apartamento No.
Ciudad	Estado Zona postal

Esta oferta se limita a un pedido por hogar y no está disponible para los subscriptores actuales de Deseo® y Bianca®.
*Los términos y precios quedan sujetos a cambios sin aviso previo.
Impuestos de ventas aplican en N.Y.

SPN-03   ©2003 Harlequin Enterprises Limited

Bianca

**Él le ofrece todo su dinero,
pero ella sólo quiere su amor**

Cuando Tammy Haynes accedió a ser dama de honor en la boda de una de sus amigas, no sabía que tendría que bailar con el multimillonario Fletcher Stanton.

Él se la llevó a la cama después de dejar clara una cosa: que lo suyo sería sólo una aventura; el matrimonio no era una opción para él.

Pero, fruto de su pasión, Tammy se quedó embarazada. Y entonces él empezó a replantearse sus prioridades...

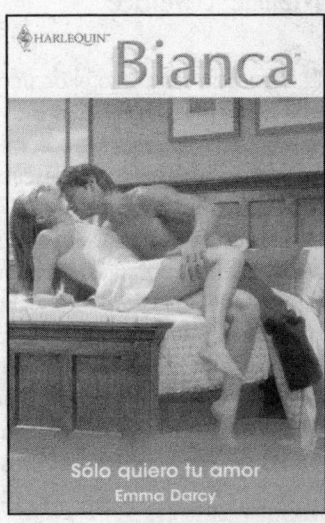

Sólo quiero tu amor

Emma Darcy

¡YA EN TU PUNTO DE VENTA!

Deseo™

La promesa del duque
Merline Lovelace

El decorado era como el de una postal y el héroe pertenecía a la más rancia aristocracia italiana. Pero el miedo de Sabrina era despertar y descubrir que todo había sido un sueño.

El duque y famoso neurocirujano Marco Calvetti había estado a punto de atropellarla en la carretera y ahora Sabrina era la invitada en su villa de la costa de Amalfi. Las románticas palabras de Marco y sus expertas manos le daban un nuevo significado a la expresión "trato al paciente", pero sus seductores ojos escondían heridas secretas…

¡Estaba viviendo un cuento de hadas!

¡YA EN TU PUNTO DE VENTA!